AF414357

LORENA VALOIS

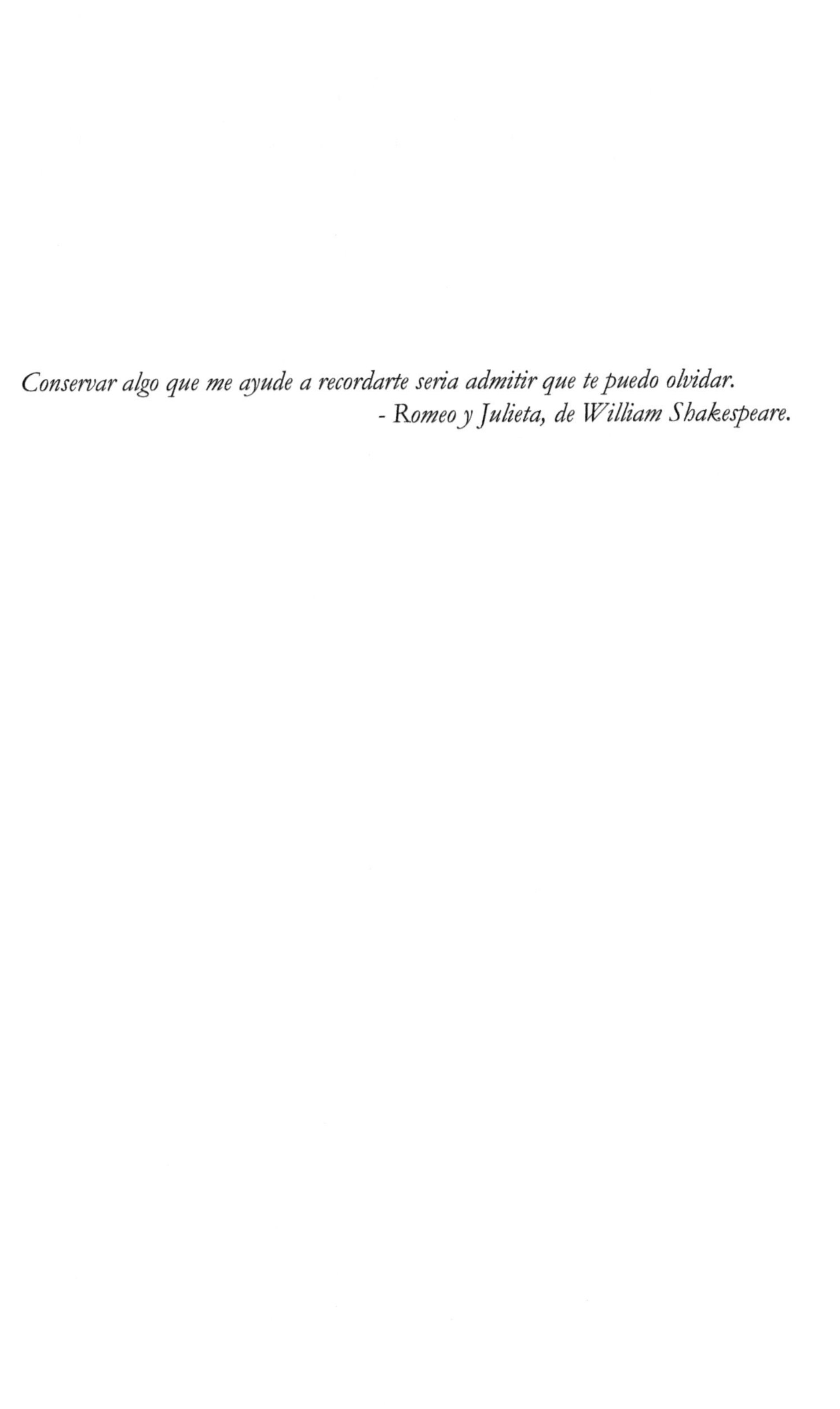

Conservar algo que me ayude a recordarte seria admitir que te puedo olvidar.
- Romeo y Julieta, de William Shakespeare.

Tabla de contenido

Capítulo 1

Londres, 1800

El hombre alto y fornido, vestido con un elegante traje militar rojo que denotaba su cargo de coronel acomodó su sable y luego le dirigió una mirada paternal al adolescente que lo acompañaba, que casi era tan alto como él.

El Coronel Arthur Wellesley, quien había estado cumpliendo funciones al servicio de la Corona en la India, estaba aprovechando su licencia en Londres para cumplir una tarea crucial: la de acompañar a su querido ahijado de 16 años, el joven Aidan Hamilton a una visita oficial a la casa del Barón de Stewart, Lord Francis Herbert, otrora el mejor amigo del padre de Aidan, fallecido hace menos de tres meses.

El Coronel se sentía con la responsabilidad de guiar a su ahijado a cumplir con los designios del difunto Vizconde de Portland, Mathew Hamilton: la de que su hijo se casara con una descendiente de la casa de su amigo Lord Herbert.

No sería algo extraño, si la cuestión no tuviere una complicación especial.

El Vizconde de Portland nunca se casó, pero si llegó a engendrar dos hijos varones con distintas mujeres. Dos bastardos, que fueron legitimados por el Vizconde. Además de darles su apellido, se encargó que los niños recibieran una educación acorde.

Los niños eran Aidan, que era el favorito de su padre por ser el mayor, y porque su madre fue especial para el Vizconde, y el otro era Geoffrey, un año menor que Aidan, pero de carácter diferente, porque mientras Aidan era obediente, lo contrario se vislumbraba en la rebeldía de Geoffrey.

Punto aparte, ambos medio hermanos no tenían ninguna relación ya que Geoffrey se crio en Bristol con su madre.

Además, su vínculo tenía un cierto aire competitivo, ya que el Vizconde invocó una clausula especial en su testamento.

El hijo que heredaría su fortuna y su título, sería aquel que se casara con una mujer de la casa de Lord Herbert y fuera un hombre de honor.

El vizconde tenía serias esperanzas que su hijo Aidan lograra primero aquello, ya que era el más responsable y proclive a seguir las reglas paternas. Además, con el auspicio de su padrino, abrazaba un apego a la carrera militar.

Justamente la visita a casa de Lord Herbert, además de presentarse ante el barón como un potable candidato para alguna dama de la casa, era la de poner a su conocimiento de que el joven Aidan estaba a punto de marchar a Angers, en Francia a la academia militar y comenzar su instrucción.

Por supuesto, el Barón Herbert conocía aquellas intenciones ya que la idea de casar a sus descendientes con los de su apreciado amigo, el Vizconde fue una decisión conjunta.

Recibió con afecto al Coronel, y al joven Aidan.

Ya estaban compartiendo el té cuando Lord Herbert explicó que con gusto esperaba el cumplimiento de la última voluntad de su mejor amigo.

—Y en efecto, tengo dos niñas ahora, las únicas que podrían servir para tal cometido, y por supuesto a vuestra elección en unos años, cuando tengan edad suficiente.

Mientras el Barón explicaba que se trataba de dos niñas que se criaban bajo su exclusiva tutela, porque una era su sobrina, hija de su hermana fallecida por escarlatina. Enfermedad que también se llevó a su esposo.

La otra niña era su propia hija bastarda, producto de una aventura del barón con una cocinera. Aunque la pequeña fue legitimada por su padre.

Aidan dejó su taza de té y se acercó al ventanal, ya que le llamaron la atención unos gritos de algarabía infantil y el ruido del casco de un caballo.

Y ahí pudo vislumbrar a una niña de coletas, con un gracioso sombrero, encima del corcel, riendo a tambor batiente. Y que cabalgaba con ambas piernas y no de lado, como acostumbraban las damas.

Era una chiquilla, pero excelente jinete.

Aidan se quedó hipnotizado mirando la técnica de la pequeña, la seguridad con la que montaba y la compenetración con el caballo.

—Esa es mi pequeña Claire, mi amada sobrina —la voz amable del Barón se oyó junto al joven Aidan —. Es una gran amazona y sólo tiene once años.

—Tiene mucha energía —refirió Aidan

En eso el Barón hizo una seña hacia una esquina, donde estaba sentada una niña en un banco, con una mujer que parecía su institutriz.

—Esa otra es Isabella, mi hija legitimada. Y será una gran belleza, tiene trece años.

El adolescente sólo le dedicó unos segundos, para enseguida regresar su atención en la adorable niña de coletas que causaba estragos en el cuidador de caballos con su patente manejo del potro.

En eso, un carraspeo del mayordomo denotaba que deseaba saber si los caballeros se quedaban a cenar.

Aidan hubiera querido quedarse, pero tenía un barco que tomar.

—Agradecemos vuestra amabilidad, Lord Herbert, pero Aidan debe viajar esta misma noche —informó el coronel.

Entonces el barón regresó a su silla, y Aidan hizo lo mismo.

—Consentiré el matrimonio con cualquiera de ellas, ambas tienen mi apellido y tienen edades similares a la vuestra —replicó el barón.

—Es mi intención volver aquí luego de acabada mi instrucción militar, ya que deseo cumplir la primera parte del condicionamiento de mi padre, la de ser un hombre de honor, antes de volver por alguna de esas niñas, lo cual me tomará años —fue Aidan quien explicó su posición.

—Tened por seguro que ninguna de ellas será prometida a nadie más que no sea de la familia de mi querido amigo, pero debéis entender que si vuestro medio hermano Geoffrey, sobre quien pesa la misma condición, viene antes y pide formalmente la mano de alguna de ellas, no podré negárselo —concluyó el barón.

Aidan frunció la boca al pensar en medio hermano. La última vez que se vieron, en el funeral de su padre, habían rodado en el suelo, enfrascados en una pelea de barro.

—Mi hermano nunca será un hombre de honor.

—Es un chiquillo rebelde, así que no lo vemos viniendo a Londres a presentar sus respetos ante usted, así que mi ahijado sigue siendo la mejor opción para sus niñas —se apresuró en agregar el coronel, al notar tan tenso a su protegido.

—Pues se ha ganado puntos con esta visita —observó el barón amablemente y mirando al joven Aidan con nostalgia por su gran parecido físico con su difunto amigo.

Sería alguien de gran estatura a juzgar que aún no acababa de estirarse. Los ojos grandes azules, la piel levemente tostada y un rostro armonioso. Lo mejor eran sus impecables modales.

El coronel le había dicho que era un chico de carácter, pero cortés y de excelente educación aristocrática.

—Puedo darle mi palabra que él no volverá aquí hasta no haber ganado sus espuelas, milord —refirió el coronel Wellesley.

El barón asintió, con buena predisposición.

.

.

.

.

La pequeña Claire Herbert estaba aún montada sobre su caballo favorito, haciendo sus demostraciones ante su prima Isabella, cuando notó que dos hombres salían de la casa, para embarcarse en un coche de tiro.

El uniforme rojo del mayor le llamó mucho la atención, ya que era una niña perspicaz.

— ¿Quiénes son esos caballeros, señorita Thompson? —preguntó a la mujer que estaba sentada junto a una niña muy bonita, que bordaba en silencio.

La mujer se giró a verlos. Le tomó un rato reconocer al caballero de uniforme, pero la institutriz Alice Thompson no era ajena a los planes que el barón tenía para sus dos pupilas.

—Pues el hombre de uniforme es un coronel muy respetado y el otro más joven, es su ahijado.

— ¿Ahijado? —Isabella dejó la costura a un lado, interesada en el relato.

—Ese joven será, algún día, marido de alguna de vosotras.

— ¡Yo no permitiré que nadie me escoja esposo! —Claire reaccionó con la impulsividad tan natural y fuerte que tenía, y que ninguna enseñanza de la señorita Thompson podía sacar.

Isabella no dijo nada, pero estaba sorprendida de aquella novedad. De todos modos, ella y su prima aún era muy pequeñas para pensar en aquellas cosas.

— ¿Qué os había dicho acerca de los gritos? —la institutriz se levantó —. Una dama no debe gritar, así que, si no te comportas, te castigaré privándote de los paseos a caballo, o mejor, que sólo cabalgues de lado ¿Qué te parece eso? —retó a Claire

A la pequeña rebelde fue suficiente asustarla con eso para que calmara sus brotes. Regresó su mirada a la entrada de la casa.

Ya el coche y los visitantes se habían marchado. Era una lástima, le hubiese gustado ver la cara del chiquillo que se creía con poder suficiente para obligarla a casarse con él.

Menos mal, el asunto sólo era con una de ellas, así que sonrió, pensando en que Isabella acabaría cumpliendo aquel mandato.

Capítulo 2

Londres, 1805

Cinco años después.

La joven tabernera iba a arrojar un cubo de agua servida a la calle, pero se detuvo y abrió la boca de asombro al notar a los atractivos oficiales que se acercaban del otro lado de la acera.

Venían varios, pero era imposible no notar a los más guapos del equipo, vestidos de forma impecable con su uniforme rojo, su resplandeciente sable y con esa increíble aura de masculinidad rotunda que emanaban.

El teniente Aidan Hamilton sonrió al notar el estado de la joven criada. No desconocía el efecto que producía en las mujeres.

—Con un demonio que si extrañé a las mujeres inglesas —replicó Aidan, luego de guiñarle un ojo a la muchacha.

Su acompañante, el teniente segundo Harry Percy entornó los ojos al comprobar el jueguito de seducción de su mejor amigo.

—Pues mejor que las vayas olvidando, que sabes que viniste a esta ciudad para buscar a una sola.

—Y que me lo recuerdes…

—Tu padre fue un hombre muy extraño al dejar la directiva

de matrimonio ¿nunca escribiste con ninguna de las muchachas? —preguntó Harry, con curiosidad.

Aidan meneó la cabeza.

Luego de cinco años regresaba a Londres hecho un militar en plena carrera, con la instrucción terminada y luego de haber cumplido un servicio en Irlanda que le valió la promoción que poseía.

En Angers fue que conoció a Harry, y desde entonces se hicieron los mejores amigos. Fiel a su promesa, a su padrino el Coronel Arthur Wellesley, quien le había costeado la carrera, Aidan se dedicó plenamente a ella.

Cumplida esta parte, regresaba a Londres, hecho un hombre de honor por los servicios que venía prestando en el nombre de su Majestad y por tanto a reclamar lo que le faltaba: pedir la mano de una de las muchachas de la casa del Barón Herbert para finalmente cobrar su herencia y acceder al título de vizconde de Portland.

Tenía 21 años y se perfilaba como un joven notable, atractivo y de modales aristocráticos.

Se había estirado tanto, que su altura en conjunto con su figura fibrosa, indefectiblemente producía que todas las mujeres, como aquella criada de taberna se quedaran con la boca abierta mirándolo.

Además, hablaba con fluidez, además de inglés, el francés y el español.

—Lord Herbert es un caballero amable y predispuesto, no le fallaré a él, a mi padrino y menos a la memoria de mi padre —aseveró Aidan

—No puedo creer que te cases tan pronto, y además con una mujer que no conoces ¿no hay forma de esperar?

Aidan se acomodó los guantes, riendo sarcásticamente.

— ¿Y darle tiempo a mi gracioso hermano Geoffrey?

— ¿Sabes si está en Londres? —preguntó Harry

—Dicen que lleva una vida licenciosa en Bristol, así que debo aprovechar el margen de tiempo —declaró Aidan, con rotundidad.

Harry frunció la boca. No iban a poder divertirse como el resto de los oficiales, y menos cuando Aidan necesitaba imponer una buena imagen ante el Barón y no pensaba desacreditarse tan pronto, visitando tabernas o sitios de juegos.

—Entonces iremos hoy mismo a la casa del barón —reflexionó Harry —. ¿Al menos las muchachas son bonitas?

—La verdad no recuerdo —sostuvo Aidan. Lo cierto es que le daba vergüenza admitir que todos esos años había recordado a la niña intrépida sobre el caballo e imaginarla en cómo sería a una edad adulta. En la actualidad tendría 16 años, una edad más respetable e incluso apta para pedir su mano en matrimonio, cosa que el Barón no le denegaría.

Claro está, que primero quería verla a ella, y por supuesto también a la prima.

Pero se decantaba por la menor por los recuerdos que tenía, aún sin haberla visto.

Aidan le escribió a Lord Herbert, cuando aún estaba en Irlanda, avisándole que su guarnición pasaría por Londres en la primavera, y que vendría movido a cumplir el ultimo designio de su padre. El barón le había respondido que esperaría su llegada con ansias y que las muchachas estaban más que listas para ser presentadas.

.

.

.

Eran muy diferentes una de la otra. Mientras la mayor Isabella, que ahora detentaba dieciocho años y una belleza deslumbrante, la prima menor Claire, de dieciséis años, era un poco menos bonita, pero a diferencia de Isabella, poseía una chispeante personalidad. Si de niña le gustaba cabalgar con ambas piernas, subir a los árboles y ser políticamente incorrecta, de adulta recrudeció su carácter y era una joven vivaracha e inteligente, capaz de pasar por encima de la señorita Thompson.

Cuando su tío llamó a ambas muchachas y les comunicó que debían estar preparadas, porque pronto recibirían la visita del hijo de su difunto amigo, y venía a por la mano de una de las dos.

Y que no podían rechazarle.

A estas alturas, el barón hizo uso de su autoridad para regir aquello. Que les había permitido vivir con tranquilidad y libertad, pero que su matrimonio con un hijo del difunto vizconde era innegociable.

Isabella asintió con sumisión, pero Claire arrugó el entrecejo y estuvo a punto de vociferar, pero la detuvo el profundo respeto que le inspiraba su tío, que la había criado y mantenido, que siempre se presentó como un espíritu de bondad con ella.

Lo único que la calmaba es que Isabella era más bonita y probablemente ese teniente la prefiriese a ella.

Claire no podía casarse con ese sujeto y más cuando ya tenía otros planes.

Pero prefirió mantener la boca cerrada, esperanzada en la belleza de la silenciosa Isabella y su inmensa capacidad de enamorar hombres.

—Estuviste a punto de ser grosera con el Barón —Isabella le hizo un reclamo suave, cuando estuvieron ambas fuera del salón.

—No voy a casarme con nadie que me impongan —amenazó Claire —. De algo me va a servir ser la fea de la casa, que ese hombre no se vendrá a fijar ahora en mí.

Isabella, quien era alta, esbelta, de piel cremosa y blanca, con unos cabellos negros que creaban un maravilloso contraste con su cutis.

Claire, en tanto era más morena y de menor estatura, aunque de espigada figura. Sus cabellos eran castaños al igual que sus ojos, siempre estaba sonriendo y sin dudar, era alguien adelantada para su tiempo, lo cual la frustraba un poco. Habia perdido a sus padres de muy pequeña por escarlatina y no los recordaba, pero su tío, Lord Herbert la había criado maravillosamente. Solo discrepaba en este asunto de supeditarla a un posible matrimonio con un hombre que no conocía, y que tampoco quería conocer.

—Voy a salir a cabalgar —anunció Claire —. Haré que ensillen a *Viento Oscuro*.

Ese potro era su favorito, obsequio de su tío.

Isabella no le respondió, pero estaba horrorizada con los aspavientos de su prima y esos deseos que tenía de contender a las reglas.

Claire salió canturreando feliz, colocándose sus guantes de amazona rumbo a los establos.

.

.

.

Decidieron alquilar un coche de tiro, aunque hubieran preferido cabalgar, pero las reglas de caballero dictaban que se presentara en un carruaje y con su uniforme, sin que apestara a caballo.

El teniente Aidan Hamilton y su mejor amigo, el teniente segundo Harry Percy posaron sus ojos con admiración al pasar frente a la imponente mansión de Grosvenor Square.

Justo cuando ellos entraban, el sonido del casco de un caballo que salía a toda prisa de una de las entradas del costado les llamó la atención.

Una mujer que galopaba desafiante con ambas piernas de costado y sin importarle la inconveniencia de aquello en una calle tan elegante. Era claro que marchaba a los parques públicos.

Aidan se quedó mirando a la imponente mujer, con quien cruzó la mirada solo un momento. Sólo detrás de ella, iba un pequeño coche de tiro con dos damas adentro con todo el aspecto de ser acompañantes de la intrépida joven, que procuraban seguirle el paso.

El joven teniente fue recibido con hospitalidad por Lord Herbert que estaba en compañía de una hermosa joven y miembros del servicio.

Harry y Aidan se presentaron con exquisita cortesía.

—Permita que os presente a mi hija, la señorita Isabella Herbert.

Siguiendo las reglas, Aidan besó aquella mano blanca y perfumada de aquella señorita de velada belleza y que parecía muy tímida. Ya que incluso se sonrojó con el saludo de él.

En ese momento el barón frunció el ceño.

—Mi sobrina, la señorita Claire no se encuentra en este momento, pero ya le mandaré un mensaje urgente —el barón hizo una seña a un criado—. Tened a bien pasar, que ordenaré que nos traigan el té con unas buenas pastas.

Los recién llegados entraron y disfrutaron del salón, con un exquisito té y la compañía del barón con la señorita Herbert.

La conversación versó sobre numerosas anécdotas que compartieron ambos amigos con sus anfitriones.

Ya cuando retiraban el servicio de té, la puerta se abrió y por ella, entró una muchacha con aspecto hastiado. Muy joven y con el vestido algo arrugado. Era claro que ella era la joven con quien Aidan se había cruzado poco antes y que cabalgaba de modo tan particular.

El barón se apresuró en presentarla.

—Teniente, conozca a mi sobrina, la señorita Claire Herbert

Aidan se levantó para saludarla y le cogió la mano para besársela.

Claire fue menos cordial y retiró la mano, rápidamente.

—Teniente, espero disfrute su estancia aquí ¿Cuánto tiempo nos visitará?

Para ser tan joven, era muy impertinente.

—Junto a mi compañero, el teniente segundo Harry Percy tenemos planificado pasar una temporada antes de volver a nuestra guarnición —informó él, sin dar muestras de molestarse por la patente grosería de Claire.

—Los tenientes aquí presentes nos estaban ofreciendo una amable velada, prima —Isabella intentó interceder, para cortar la tensión de ambos

En parte sirvió, porque las chispas se cortaron y la recién llegada tomó asiento junto a su prima.

Harry decidió amenizar a su vez, entablando charla, pero Aidan no le oía, mas enfrascado en observar a la fascinante jovencita.

Claire le devolvió la mirada, de forma atrevida y Aidan desplegó su irresistible sonrisa blanca.

—Por supuesto, estáis invitado a ser nuestros huéspedes, el tiempo que deseéis —ofreció el barón.

—Aceptamos —respondió rápidamente Aidan, ante la sorpresa de Harry.

Luego de aquello, ambos oficiales fueron conducidos al ala de huéspedes, donde se les asignarían habitaciones y podrían refrescarse.

Cuando estuvieron solos en el pasillo, Harry le increpó.

— ¿Por qué aceptaste quedar?, si querías seguir viendo a las muchachas, sólo podías venir mañana.

—Tengo prisa y, además, ya tengo a la que me interesa.

— ¿Quién? ¿la señorita Isabella?

Aidan meneó la cabeza.

—La otra tiene una chispa diferente que me atrae.

—Es muy joven, casi una niña —refirió Harry

—Es lo suficientemente mayor para casarse, así que quiero conocerla mejor —concluyó Aidan

—Entonces ya tomaste una decisión con sólo verla una vez —formuló Harry, bostezando —. Iré a descansar, que esto ha perdido la gracia —dicho eso, el joven oficial se retiró a la habitación que le habían mostrado.

.

.

.

La cena fue bastante distendida y Aidan procuró intercambiar frases con la reticente de Claire, quien le fascinaba aún más con sus evasivas.

Aidan no alcanzó a quitarle ni una sola palabra amable, pero si obtuvo el permiso de su tío de que pasearan mañana en el parque. Por supuesto, además de Aidan y Claire, iría Isabella, Harry, el propio Barón y una cuadrilla de damas para que Aidan no estuviera solo con ninguna de las muchachas en público y las reglas del cortejo se hicieren siguiendo las pautas de la decencia.

Esa noche, Aidan durmió muy satisfecho de sus acciones y de su probable elección.

Todo este galanteo era como recreo que podría distender su alma de soldado joven, ya que tanto él como Harry, en algún momento tendrían que marchar al continente a detener el peligro expansionista que representaba Napoleón Bonaparte, que sólo el año anterior se había declarado Emperador, poniendo en jaque el tratado de Amiens, que fuera un pacto de paz entre británicos y franceses.

Aidan deseaba poder marchar, ya casado y con el título de vizconde bajo el brazo.

Mentalmente ya había escogido a la destinataria de su proposición matrimonial.

.

.

.

.

Al día siguiente, luego del desayuno, la comitiva salió a dar aquel paseo social por los elegantes jardines de Grosvenor Square, que estaba en la misma calle de la casa del Barón.

Harry se encargó de darle caballerosamente el brazo a la señorita Isabella, ya que Aidan se empecinaba en ponerse de lado de la huidiza señorita Claire. Él no entendía cómo podía cortejar a alguien tan joven y tan arisca.

—Anoche estuve leyendo de cuando Napoleón emprendió una agresiva campaña en Egipto, sólo para mermar las rutas comerciales inglesas a la India —expresó Claire.

Aquel tema de conversación, presentado por una mujer y además tan joven, sorprendió a Aidan.

—Me alegra que se mantenga informada, señorita Herbert.

Pero Claire no estaba por la labor de ser amable.

—Pues es una pena que usted no haya llegado a participar de

aquella campaña ¿no?

—Aquella época aún estaba iniciando mis estudios en la academia, pero sin embargo las tácticas del general Jean Baptiste Kléber, al mando de aquella expedición y segundo de Napoleón, fue parte de análisis en mis clases —manifestó Aidan con seriedad

— ¿Cuándo piensa volver a unirse a su guarnición?

Aquella pregunta poco cortés fue finalmente la que dio pie para que Aidan pusiera en claro su plan.

— ¿Me permite ser franco, señorita Herbert?

—Es un país libre, teniente.

—Usted sabe que volveré al continente tan pronto como cumpla el cometido que me trajo a casa de su tío —anunció Aidan —. Tengo la intención de pedir su mano en matrimonio —refiriéndose a ella

Claire paró la marcha, haciendo que todos los demás quedaran.

Ella guardó su abanico y se giró a mirar al teniente Hamilton.

—Soy fiel creyente de que los matrimonios no deben ser arreglados.

—Es usted muy joven para tener estas ideas tan arraigadas —enunció el joven teniente.

Claire quiso decir algunas cosas más, pero la severa mirada que le dirigió su tío, acalló lo que pensaba. Volvió a sacar su abanico y retomó el paseo.

Aunque el teniente volvió a hablarle, ella contestaba con monosílabos.

Aidan podría estar disgustado, pero tenía escasa experticia en mujeres, salvo las dispuestas irlandesas y francesas con las que se topó mientras realizaba su instrucción. Damas a las que sólo le bastaba unas monedas para complacerlo.

Por eso aquella chiquilla altanera le atraía tanto. Era puro fuego y no temía decir lo que pensaba.

Aunque ella se mostrara huidiza e irreverente, el teniente Hamilton seguía teniendo claro que era su mano la que pediría en matrimonio.

Cuando el paseo se hizo largo, entraron a un elegante establecimiento a servirse alguna bebida fresca, Aidan se arrimó junto a Harry para comentarle sus impresiones, pero sus planes se vieron tocados cuando vio materializarse en el lugar a una persona inesperada, pero que él conocía muy bien, pese a los escasos encuentros.

Vestido con un elegante traje de dos piezas y con pañuelo de dandy, allí estaba su maldito medio hermano Geoffrey Hamilton.

Tan visible como él, con su apostura, porque era tan alto como el teniente, aunque su cutis fuera más claro, una cabellera rubia corta y ojos de un tinte de miel. Y un rostro armonioso que era el deleite de las mozas.

¿Qué rayos hacía ese imbécil en Londres y además paseando

en Grosvenor Square?

— ¿Qué ocurre? —preguntó Harry

Aidan se llevó el vaso a la boca.

—Ese hombre…es mi hermano y no se supone que estuviera en la ciudad.

Harry, quien estaba al tanto de la cruenta rivalidad entre ambos hermanos entendió el malestar de Aidan.

Geoffrey debería estar en Bristol, pero en cambio estaba paseándose por esta elegante avenida y solo podía significar que podría estar interesado en cortejar a una de las muchachas Herbert.

El joven Geoffrey le hizo un gesto con el vaso como saludo, desplegando una de sus sonrisas burlonas. Pero para fortuna de Aidan, no se acercó a la familia ya que se retiró enseguida.

Igual su presencia en la ciudad, era para activar las alarmas. Geoffrey también estaba en carrera por acceder al título de su padre, y claro la fortuna.

—Supongo que esto hará que adelantes la pedida de mano —opinó Harry

Aidan aún tenía fresco el recuerdo de aquella horrible gresca donde ambos hermanos rodaron por el suelo, luego del servicio memorial a su padre.

Geoffrey se burló del Vizconde recientemente fallecido y eso hizo que Aidan se enfureciera ante su malagradecida actitud.

—Mañana mismo, luego del desayuno pediré la mano de la

señorita Herbert. No voy a dejar que ese idiota de Geoffrey me gane la partida.

Luego el grupo volvió a la mansión del barón y Claire se las arregló para escabullirse pronto y no bajó a cenar.

Era claro que la idea de prometerse con el teniente no era una prioridad, pero Aidan era un hombre obcecado y la quería a ella.

.

.

.

Durante la cena, hubo un corto entremés donde el barón, quien había bebido un poco más de la cuenta, invitó a sus huéspedes los puros importados que guardaba para una ocasión especial.

El barón se retiró temprano, pero los dos oficiales salieron a fumar en los jardines.

—La llamada a la guarnición será mucho antes de lo pensado, han llegado los boletines de la batalla de Finisterre. Casi perdimos el canal de la Mancha y me he encontrado con algunos compañeros de la Naval, que ya fueron notificados de su comisión bajo las órdenes del vicealmirante Horatio Nelson.

Aidan aspiró el humo de su puro con seriedad.

—Y nosotros divirtiéndonos, mientras nuestros colegas perecen...

—Estamos aquí para defender tus intereses, amigo. Tu hermano no se saldrá con la suya y además será justicia que seas tú quien detente el título de Vizconde porque es lo que tu padre querría —completó Harry

—Pediré la mano de esa muchacha y nos casaremos cuanto antes, para luego marcharme a la guarnición, porque la idea es dejarla instalada en Mont House.

Mont House era la casa ancestral del vizconde de Portland, que estaba ubicada en Burnley. Además de la casa Portland, que era la mansión londinense, ambas a la espera de su nuevo vizconde.

Pero la conversación se cortó cuando notaron que un pequeño coche de tiro estacionó justo frente a los portones de la casa.

El horario no era de visitas, así que era completamente extraño. Más aún cuando vieron que una pequeña figura, vestida con una cofia cargando un pequeño baúl con dificultad, salía sigilosamente de la puerta de servicio.

La figura caminaba con discreción, pero el baúl le pesaba y cayó al suelo. En ese momento, la capa que cubría su cabeza se deslizó, descubriendo a la señorita Claire Herbert.

Era claro que estaba huyendo, y que ese coche de tiro la estaba ayudando.

Ambos oficiales no podían quedarse con los brazos cruzados

viendo como una hija de la casa de donde se hospedaban cometía un acto imprudencial que podría llegar incluso a marcar a su familia.

Aidan mandó a Harry a detener el coche, en tanto él corrió a hacer lo mismo con la muchachita, que, al verlo, corrió y estuvo a punto de subir al carruaje, pero Aidan alcanzó a bajarla de vuelta.

—Por todos los cielos ¿Qué está haciendo? —increpó Aidan

— ¡No voy a casarme con usted! Yo voy a elegir a la persona que quiero —gritó Claire

—No voy a dejar que arruine su nombre con esto —insistió Aidan, cogiéndole del brazo

Harry tenia detenido al cochero y sin posibilidad de moverse.

—Voy con el hombre que sí podría hacerme feliz y esta es mi prueba de amor —exclamó la muchacha.

Preso de rabia, Aidan abrió la puertilla y casi se petrifica cuando se encuentra a nada menos que a su propio hermano, Geoffrey Hamilton.

Aidan le hace una seña a Harry de que se llevara adentro a Claire, y que cuidara que nadie la viera.

— ¡Eres un infeliz por incitar a una muchacha a esto!

Geoffrey sonrió sardónicamente.

—No es mi culpa que ella sea una meretriz a tan corta edad, hermano. Ella aceptó fugarse conmigo y sólo le bastaron algunas palabras seductoras.

Aidan se dio cuenta del verdadero trasfondo.

— ¡No pensabas casarte con ella!, solo destruir su reputación ¡eres un maldito! —Aidan subió al coche para darle una paliza a ese sujeto, pero Harry regresó justo a tiempo para detenerlo.

—Deja que se largue, no enturbies tu carrera atacando a un civil, aunque sea a este miserable —sugirió Harry —. La muchacha ya está a salvo.

Geoffrey sonrió sardónicamente.

— ¡Un día, tu y yo rendiremos cuentas y acabaremos muy mal, desgraciado! —exclamó Aidan, apuntándole con un dedo acusador.

Una amenaza que era una promesa que ninguno de los dos debería de olvidar.

El coche transportando al fallido seductor de la señorita Herbert se marchó a toda prisa, antes de que el teniente Hamilton cambiara de opinión acerca de molerlo a golpes.

.

.

.

Afortunadamente todo el alboroto fue afuera y el único que despertó fue un viejo lacayo. Al verlo, Aidan le pidió que despertara a la doncella para que atendiera a la señorita Claire.

—Que nadie se entere de eso —pidió el joven oficial

Claire estaba con los ojos llorosos arrimada a una pared, con sus puños apretados.

Aidan hizo uso de todo su autocontrol para decirle unas palabras.

—Por mi honor, que de mis labios y del oficial Percy, nadie se enterará jamás de esto —ella le dirigió una mirada de odio —. Nunca dejaría que una hija de esta casa sea mancillada por un hombre sin honor como ése.

Claire le cruzó el rostro de una bofetada, pero Aidan no se inmutó. Afortunadamente llegó la doncella y se la llevó de allí.

Harry vino a su lado, mientras observaban la escena de la muchacha siendo llevada a su habitación. El oficial Percy, conocedor de la predilección de su amigo por esa joven le dio una palmadita de consuelo.

Aidan apretó su puño con furia descomunal contra Geoffrey.

Hay situaciones de honor que no podían obviarse y por mucho que Claire le agradara, no podía perdonar su indiscreción ni su predisposición a fugarse con un hombre.

No podía pedir la mano de una mujer así.

Él guardaría su secreto, pero no se casaría nunca con ella.

Capítulo 3

Aidan despertó apenas la mañana siguiente.

Pese a su estricta formación militar, le había costado conciliar el sueño, atendiendo los graves sucesos de la noche anterior. Esperaba no pasar por descortés por demorarse el horario habitual de desayuno.

Cuando bajó, la mesa estaba dispuesta para él, y el mayordomo le atendió con exquisita cortesía.

— ¿El teniente Percy? —preguntó por el paradero de Harry.

—El teniente acabó su desayunó y luego salió para la oficina de Correos. Dijo que volvería en cuanto terminara —informó el hombre mientras servía el té

Allí Aidan recordó que Harry le había avisado de que hoy tocaba hacer unas diligencias en la oficina postal.

Igual la mesa estaba vacía. No estaban ninguna de las señoritas Herbert y menos el barón.

— ¿Podría informarme donde están los demás?

El mayordomo carraspeó, con cierta incomodidad.

—Temo que no lo sé con seguridad.

Aidan ya no insistió, terminó su té y luego fue a refugiarse a la biblioteca a leer unas cartas que le llegaron, en especial la que le enviaba su padrino, el actual comandante Arthur Wellesley, recién llegado de la India, donde estuvo cumpliendo funciones con su hermano, Sir Richard Wellesley.

Aidan no era tonto, estaba consciente de que estaban viviendo épocas complicadas con Napoleón y sus ansias de conquistador que aterrorizaban al mundo, y que estos días, eran probablemente los últimos tranquilos que tendría en su vida.

Dentro de todo, el asunto de su propio matrimonio era una cuestión trivial en comparación. Aunque ahora sus ideas se vieron desajustadas, ya que la destinataria de su pedido se había convertido ahora en una imposible, aún era su deber el pensar como un hombre practico y sujetarse a sus intereses.

Debía pedir la mano de la señorita Isabella Herbert.

Aunque en su interior, deseaba que la señorita Claire Herbert reflexionare sobre el craso error que había cometido.

Estaba aún leyendo las cartas del comandante, cuando la puerta se abrió y el teniente Harry Percy entró presuroso, como si hubiera visto al diablo por el camino.

Venía de la calle y en efecto las noticias que traía, le hicieron olvidar todas las reglas de cortesía.

— ¿Qué demonios? —preguntó Aidan

— ¿Es que aún no sabes nada? —preguntó Harry, acercándose a Aidan, quien seguía sentado.

—Pues no sé de qué hablas…

—Lo que pasó anoche con la señorita Herbert es una comidilla en la ciudad —reveló Harry —. Todo el mundo sabe de su intento de fuga con un hombre que no planeaba casarse con ella.

Aidan se incorporó sorprendido.

— ¡Pero si nosotros no dijimos nada!

—El propio Geoffrey estuvo esparciendo la infamia desde la madrugada y el barón se enteró muy temprano —Harry pareció dubitativo de seguir

— ¡Habla! —exigió Aidan

—Pues que el barón ha hecho preparar todas sus pertenencias y la hizo enviar muy temprano de aquí. Que su reputación fue destruida, la ha enviado a la campiña, a una ciudad que nadie conoce, y para que no vuelvan a relacionarla con la familia, porque como sabes la desgracia puede condicionar que nadie quiera casarse con la señorita Isabella, al tener una pariente…con esas inclinaciones.

Aidan apretó los puños.

Ese malvado de Geoffrey arruinó la reputación de una jovencita ingenua. Y aunque hubiera podido cerrar la boca, se aseguró de que todos lo supieran, dando a entender a Aidan de que su intención siempre fue la de dañar la honra de la señorita Claire Herbert.

Tuvo la tentación de ir a buscarlo para arreglar cuentas, y eso incluía romperle un par de dientes.

—Nadie sabe dónde la han mandado, pero el escándalo ha sido tan grande, que me sorprende que Geoffrey no divulgó que fuimos nosotros quienes detuvimos a la señorita Herbert.

—Esto es un desastre —exclamó Aidan, arrojándose al sillón

.

.

.

Ya pasada la tarde, el barón volvió en compañía de la señorita Isabella Herbert. Ambos se veían abatidos.

Él se notaba cansado y ella entristecida, porque acababa de perder a la compañera con quien se había criado.

Aidan los recibió en silencio, mostrando su solidaridad. Isabella se retiró a sus habitaciones y en el salón sólo quedaron el barón junto a Aidan a beber una copa de brandy.

Lord Herbert estuvo en silencio, hasta que finalmente pudo esgrimir unas palabras

—Supongo que ya sabéis la desgracia que acontece a mi familia.

Aidan sólo se limitó a asentir, no valía la pena volver a reproducir en palabras la horrible experiencia sufrida por aquel hombre.

—Entonces es perfectamente entendible que no deseéis emparentaros con mi familia —retrucó el barón abatido, dejando el vaso sobre la mesa —. Mi corazón está roto y decepcionado por quien más esperanzas tenía en el mundo, aún por encima de mi propia hija, ya que Claire era una flor aguerrida de conocimientos que me asombraba. No volveré a verla.

Aidan escuchaba en respetuoso silencio por respeto al profundo dolor del barón. Era claro que el hombre tenía preferencias por aquella imprudente muchachita.

Aún así, Aidan sabía que tenía poco tiempo, y además con Geoffrey cerca. Era cierto que los Herbert tenían ahora una mancha en la sociedad, pero la cláusula de su padre era vinculante y el joven teniente había regresado sólo para cumplir.

—Aún en estas horas tan oscuras, quiero que sepáis que mi voluntad de unirme a vuestra familia no ha mermado —anunció Aidan, haciendo que el barón se girase a verlo, con sorpresa —. Deseo pedir la mano de vuestra hija, la señorita Isabella Herbert. Quizá yo sea muy joven ahora, y tengo un deber militar que me apremia, pero deseo poder volver al continente, prometido a la señorita Isabella, claro sí es que lo permitís.

Lord Herbert se sintió conmovido con aquel pedido. Por supuesto que no negaría la mano de su hija al hijo favorito de su difunto amigo.

—Isabella es una muchacha dulce y tranquila, ella aceptará vuestro petitorio, pero lo mejor es que la propuesta se haga recién mañana, porque hoy ha sido un día muy terrible y no deseo asociarlo con la fecha de pedida de mano de la única niña que me queda.

Ya estaba hecho.

Por un momento, Aidan tuvo la curiosidad de preguntar cuál fue el destino final de la señorita Claire Herbert, pero no debía asociarse con la impertinencia. También se cuidó de develar cual fue el papel que él mismo tuvo aquella desafortunada noche.

—También es mi deber el pedir perdón en nombre de la familia Hamilton por la indiscreción cometida por mi hermano Geoffrey.

El barón meneó la cabeza.

—Sé que no tenéis ninguna relación con ese cabeza hueca y hacéis bien. Pero no es con él con quien estoy enfadado, sino con mi pequeña sobrina, quien debió mantener la compostura y decencia que se le ha inculcado.

Luego de acabada la botella de brandy, ya no hubo más tema de conversación. El barón se retiró cansado y Aidan se reunió junto a Harry para ponerlo al corriente de las últimas decisiones.

—Pediré la mano de la señorita Isabella Herbert mañana mismo —y al ver la expresión sorprendida de Harry, añadió —. No quiero oír ni una sola palabra.

El teniente Percy sólo sonrió. Es lo que único que quedaba en esos momentos.

Pero como cambiaban las cosas de un día para otro.

Viajaba sólo con una mujer que fue contratada bajo estricta confidencialidad. Sin doncella y sin equipaje de importancia, sólo un bartulo con escasas ropas.

La otrora orgullosa señorita Claire Herbert estaba irreconocible por las lágrimas. Desde la mañana que su día solo transcurría de coche en coche, cuando se realizaba el recambio de caballos. Ni siquiera le dejaron preguntar dónde se dirigían.

Claire lloraba de recordar la mirada de decepción de su tío amado.

—Ya no eres mi sobrina. No eres nadie y nada para mí. No quiero volver a verte.

Cuando quiso explicarse, recibió una bofetada en el rostro. Y lo peor es que a su tío parecía haberle dolido más el golpe que a la propia destinataria.

Lo peor es que su querido tío tenía razón en hacer esto.

Ella traicionó su confianza, dejándose seducir por las galantes palabras del atractivo sujeto que había aparecido hace menos de tres semanas en su vida en secreto, enviándole cartas, dedicándoles palabras lisonjeras y besándole la mano que hicieron que ella se derritiera por esa persona.

No sólo era un desgraciado que pensaba deshonrarla, porque nunca tuvo intención de casarse con ella, sino que era medio hermano de aquel teniente, que sólo el día anterior le había expresado su deseo de casarse con ella.

¡Que diferente hubiera sido su vida si no hubiera sido tan estúpida!

Pero como buena tonta, había caído y tanto que ella se burlaba de las mujeres huecas, y al final, resultó que era como ellas. O peor.

Ese tal teniente Aidan sí era un hombre de honor, no como ese villano de Geoffrey.

Y ahora marchaba a un pueblo que no conocía a cumplir el destino que les tocaba a las mujeres con reputación arruinada, que nunca más serían vistas por su familia. Como si tuvieran una enfermedad infecciosa o hubiera muerto.

Lloraba de saber que nunca más vería a su tío y a su prima Isabella, quien pudo sustraerse un momento para abrazarla y despedirse. Era claro que mientras el barón Herbert viviera no se volverían a encontrar.

—Llegaremos en dos días a destino, así que debéis estar preparadas para aún varios recambios de caballos. Solo pararemos en una posada más en el Norte donde podréis asearos, esa fue la orden que dio Milord Herbert —anunció el cochero en un momento.

La malhumorada mujer que estaba sentada junto a Claire en el coche, y que era claro que venía a ejercer de su carcelera durante la travesía, sólo emitió un sonido gutural como respuesta.

Mientras afuera, el cielo ya había oscurecido por completo.

Una noche sin estrellas y sin luz, como presagio de la nueva vida de Claire, como sentencia por el grave error cometido.

.

.

.

Si el día anterior fue funesto, esa mañana fue diferente. Lord Herbert y la señorita Isabella se comportaron perfectamente corteses y como si nada hubiera ocurrido. Y ya como el barón adelantó, la señorita Isabella aceptó la propuesta de matrimonio del teniente Hamilton, que podría celebrarse en cuanto se pudiera disponer.

Entre amonestaciones y diversas organizaciones, podría prepararse en dos semanas.

Aidan pudo departir con su nueva prometida, que era silenciosa y comedida. Tan diferente a la explosiva de Claire, y tan acostumbrada a obedecer.

Isabella Herbert sería una esposa perfecta, de eso no cabía duda, y aunque Aidan intentaba verla mejor, ni su belleza tenía el imán que la otra ejerció en él.

Se hizo una pequeña celebración privada, donde el único tema vedado fue la desaparecida Claire.

Quien llegó justo a tiempo para unirse a la cena de honor, fue el padrino del prometido, el notable Comandante Wellesley, quien llevaba en Londres ya varios días y que visitaba la casa Herbert, no sólo por cordialidad o por felicitar a la nueva pareja.

Traía noticias de interés para todos, y sobre todo un comando para los dos oficiales que se hospedaban allí.

Hace menos de cuarenta y ocho horas se había librado una cruenta batalla naval en Trafalgar, que culminó con una desastrosa derrota franco española, y una gran victoria del Reino Unido.

Aunque el gran líder conductor del triunfo, el gran vicealmirante Horatio Nelson murió en el conflicto, las consecuencias del éxito eran rotundas, ya que implicaba el dominio absoluto de los mares ante el avance de Napoleón y su intentona de conquista militar en Europa.

—El vicealmirante francés Villenueve ha sido capturado —comentó el comandante Wellesley en la ronda donde estaban el dueño de casa, Aidan y también Harry.

—Yo no digo que los franceses de Napoleón no vayan a venir, pero desde luego, no vendrán por mar —rió Aidan

El resto también se divirtió con aquel comentario.

Luego levantaron sus copas en honor al gran Horatio Nelson y los compatriotas caídos, quien con su accionar, procuraron el dominio británico de los mares ante la irrefrenable ambición francesa.

—Todas las guarniciones han sido llamadas a formación, y navegar al continente. No habrá tiempo para licencia alguna, yo mismo asumiré mi posición —anunció Wellesley

Aquella no era una mera declaración, era una orden.

No habría tiempo para felices celebraciones de matrimonios.

No cuando el imperio francés amenazaba a Europa.

El barón Herbert también lo comprendió. Levantó su copa, orgulloso del querido hijo de su añorado amigo, dedicado al deber.

—Que así sea.

.

.

.

.

Dos días después se dio la triste despedida. Aunque no habían alcanzado a intimar lo suficiente, Aidan le tenía aprecio a su prometida. Era claro que era una muchacha de bien.

Con anuencia del barón, la joven prometió mantener correspondencia seguida y que se casarían en cuanto él regresare con una licencia de unos días.

Que este tiempo se dedicarían a juntar el resto de los requisitos como las amonestaciones.

Los hombres subieron a la calesa del comandante Wellesley, luego de la cálida despedida a sus anfitriones, con la promesa de la celebración de la ceremonia de matrimonio en cuanto el teniente Hamilton pudiera tomarse unos días.

Isabella se despidió con un saludo suave como el viento y Aidan se sintió conmovido con aquel toque.

Cuando el carruaje ya se estaba yendo, se cruzaron con un caballo negro que galopaba sólo y sin jinete, como si regresare de dar un paseo.

Aidan, desde la ventanilla pudo reconocer al corcel, que parecía estar disfrutando de su libertad.

Era *Viento Oscuro,* la montura que Claire montaba, rebelándose contra cualquier regla de conducta de una buena señorita.

Con ambas piernas de lado.

Y en el cielo vibraba un viento pesado, como si alguien faltase en la escena.

Capítulo 4

1807, dos años después

Sur de Copenhague, Dinamarca.

Las tensiones entre los reinos de Noruega y Dinamarca contra Gran Bretaña eran patentes, desde que estos dos primeros, quienes al inicio de la contienda se habían mostrado neutrales, se aliaron al Imperio Francés, proporcionando barcos cañoneros para ayudar a mermar a las convencional Marina Británica.

Ya en 1801, el gran Horatio Nelson había bombardeado Copenhague para detener estos ataques.

Pero la verdadera gran intervención se dio en el año 1807 de nuestro Señor, cuando sin declaración de guerra previa, el Comandante Arthur Wellesley, dirigió una flota para atacar de nuevo la capital danesa, y apoderarse de las cañoneras para evitar que Napoleón las tomara primero.

El teniente Aidan Hamilton participó de la batalla a las órdenes de su padrino. Como era de esperarse, se suscitó una victoria británica indiscutible, pero la guerra estaba aún lejos de terminar.

El teniente Harry Percy también luchó de lado de su gran amigo Aidan, y ambos se cuidaron las espaldas.

Es lo que tocaba si en algún momento pretendían volver a casa.

Ambos amigos llevaban ya dos años lejos de su país natal, cumpliendo servicio continuado y con imposibilidad de licencias, por tanto, el matrimonio de Aidan y de Isabella no se había materializado aún, aunque la pareja mantenía una cordial correspondencia efímera ya que apenas se conocían.

De hecho, Aidan no era capaz de recordar completamente el rostro de su prometida.

Era imposible pensar en aquellos detalles, más cuando le rodeaban la muerte y la desolación. Habia visto caer muchos camaradas, compañeros de armas y amigos.

Aidan se había convertido en el mejor tirador de su guarnición, por eso sus servicios siempre fueron bien calificados por sus superiores, aunque el joven teniente siempre trabajara a las órdenes de su padrino.

Ese día, luego del primer bombardeo a la ciudad, el superior de Wellesley, el almirante James Gambier, se prestaba a iniciar otros bombardeos hasta que hubiera una rendición por parte de los locales, y fue su pedido expreso, que el teniente Hamilton se uniera a su grupo de ataque.

No era una invitación, era una orden. No había modo de sustraerse de ella.

Aidan preparó su equipo y le dio un apretón de manos a su querido amigo Harry, quien se marchó a reagrupar con el grupo del comandante Wellesley.

—Nos veremos en unos días en el campamento —se despidió el joven teniente. No había perdido la tendencia risueña pese a todo lo que vivieron.

—Te guardaré el mejor aguardiente. Nos prometieron una remesa al campamento.

—Sé que lo harás —sonrió Aidan

— ¿No dejarás cartas? —preguntó Harry

Pero Aidan meneó la cabeza.

—Apenas tuvimos tiempo de pensar en comer, menos para escribir cartas a nadie.

Harry ya no volvió a mencionar el asunto. No podía culpar a su amigo de estas fallas, porque Aidan nunca recordaba a la señorita Herbert de no ser en el sentido práctico que era el acceso a la herencia Portland. No es que Aidan fuera un hombre ambicioso y artero, pero había sido criado con esas ideas.

Luego de que la flota dirigida por Wellesley se marchara, Aidan regresó a su formación. El almirante Gambier le dió el control de una cañonera en el barco y sólo debía esperar la orden de comenzar el bombardeo.

.

.

.

Al día siguiente, el teniente Harry, ya en el campamento de

Wellesley, estaba recibiendo su ración de desayuno cuando el propio comandante se le acercó con aspecto descompuesto.

Harry se cuadró al verlo, pero el superior estaba atribulado.

—La plaza danesa ha sido capturada.

—Comandante, esa es una gran noticia —sonrió Harry, pero al ver que Wellesley seguía acongojado, agregó —. ¿Lo es?

—A un costo terrible —anunció el hombre—. El barco donde estaba comisionado Aidan fue alcanzado por el bombardeo danés y se destruyó por completo. No han encontrado sobrevivientes.

Por un momento, Harry creyó que esto debía de ser una broma. Aidan no podía haber muerto de ese modo tan tonto

Negó con la cabeza.

—No puede ser posible…

—El almirante Gambier se encargó de enviarme un mensajero, ya que conocía mi relación filial con el teniente Hamilton.

Harry ya no pudo sostenerse en pie y cayó sobre el pequeño sillón que tenía en su tienda.

El comandante Wellesley se acercó a darle unas palmaditas en el hombro, pero se sentía desconsolado y roto. Aidan era como un hijo para él, criado a su imagen y semejanza.

Joven noble y probo. Con la pizca justa de mordacidad para alguien de su edad, pero fuera de eso, nada reprochable.

Soldado honorable e hijo obediente. ¿Cómo es que esto podía pasarle a alguien como él?

Dio su vida por la causa, antes de disfrutar de los frutos de su esfuerzo y de los sueños de su padre de que sea él quien subiera al sillón del Vizconde de Portland.

Harry y Wellesley lloraron, con el corazón destrozado por aquella noticia.

Cuatro días después, y como no aparecía ninguna milagrosa noticia de que todo se trataba de una equivocación y de que Aidan hubiera reaparecido, fue que Harry se dispuso a redactar la peor carta de su vida, dirigida al Barón Herbert y a la señorita Isabella, quienes se merecían saber esta cruel realidad.

De que el teniente Aidan Hamilton había perecido cuando bombardearon el barco anclado en el mar. No pudieron encontrar su cuerpo, así como el de muchos otros soldados, que murieron peleando contra la tiranía de Napoleón

Harry hubiera querido no tener que escribirla, pero las reglas lo indicaban. La señorita Herbert merecía conocer el motivo por el cual su compromiso se viera roto y tenía todo el derecho de reaparecer en el mercado matrimonial.

El joven teniente se sintió peor que nunca al hacerla despachar.

El dolor se hacía aún más patente al notar que la pluma que usó para ella, era una que perteneció a su mejor amigo. Más que eso, un hermano.

Del tipo de amistades que difícilmente florecen por segunda

vez.

.

.

.

Agua, sólo agua y un sonoro golpe en la cabeza. Es todo cuando recordaba.

Que parecía que iba a ahogarse y luego cientos de voces indistintas.

La luz que surgía de algún lado le daba horribles jaquecas. Al rato volvía a dormir y cuando despertaba no estaba seguro de donde se encontraba.

En un momento, ya que era imposible para él deducir el tiempo transcurrido, tuvo consciencia de que estaba en un catre y por la cantidad de hombres en deplorables condiciones que estaban en las otras hamacas, finalmente pudo colegir de que se trataba de un espartano hospital de campaña, de esos comunitarios ya que la mayoría hablaba en idioma danés.

Las mujeres, las enfermeras le daban agua y comida que no estaba mal, incluso deliciosa en comparación a la horrible gastronomía del ejército.

Cuando pudo armar los recuerdos, pudo definir que el barco donde él estaba recibió un cañonazo. Y cierto milagro tuvo que ocurrir para que él sobreviviera en el agua, ya que la corriente no lo llevó a la orilla, donde lo hubieran rematado los locales o quizá tomado como prisionero de guerra, sino que lo llevó a una distancia prudencial, donde las mujeres que presidían, atendían a todos los heridos sin importar su bandera.

Aidan Hamilton no estaba muerto, pero en los primeros días estuvo muy mal herido, por la conmoción cerebral y que casi se ahogara luego del estallido del navío donde estuvo comisionado el cañón que le dieran.

Tenía la cabeza vendada, y escasa fuerza aún. Varios días intentó que las mujeres que lo curaron lo entendieran, pero el inglés no era su fuerte.

Lo único que sí tenía claro es que no podría moverse hasta tener una recuperación aceptable. Una de las mujeres le dio a entender de que los militares daneses no lo buscarían allí.

Allí Aidan comprendió que el Reino Unido ganó la plaza. Eso hizo que se relajara en parte y parase sus deseos de huir por el temor de ser atrapado por los enemigos.

Lo que hubiera dado en esos momentos por algo de papel, pluma y alguien dispuesto a llevar un mensaje a sus seres queridos.

Estarían preocupados por él, o en el peor de los casos, incluso creerlo muerto. Así fue adoptó una posición de tranquilidad y relajo, hasta poder alcanzar un estado que le permitiera correr y buscar a otros británicos que estarían en la ciudad, si es que en verdad como pensaba, la plaza fue tomada.

Sólo debía encontrar el momento y la situación perfecta para largarse de allí.

.

.

.

Habían transcurrido dos meses del presunto fallecimiento del teniente Hamilton y desde entonces, Harry Percy pasaba sus días cumpliendo guardias extras y ya le había pedido al comandante que, en la siguiente contienda, él quería estar en primera línea.

Estaba deprimido y desanimado.

Era una fría mañana de otoño, cuando un cabo vino a decirle que el comandante Wellesley quería verlo en su tienda.

Harry se acomodó el traje y salió a cumplir la orden.

Al llegar, el joven teniente se cuadró con una seriedad impasible, aunque le descolocó que Wellesley estuviera con una sonrisa en el rostro.

—He recibido una noticia, pero por respeto a usted, he decidido que vayamos juntos a verificar, porque sé cuánto le importa.

—No comprendo, comandante —refirió Harry, extrañado.

Wellesley caminaba de un lado a otro del reducido espacio de la tienda de campaña.

—Alguien que usted y yo conocemos, y cuya pérdida aún sufrimos sigue con vida —en ese punto el rostro de Harry se desencajó y Wellesley se apresuró en añadir —. Uno de los navíos que zarpó de Copenhague y que encalló anoche, lo trajo.

— ¿Cómo es posible?

—El Capitán del barco me ha dicho que el teniente Hamilton apareció un día, con la cabeza vendada y con aspecto de haber escapado de algún sitio, cansado y sucio, pero se identificó como soldado británico. Lo hizo justo a tiempo, cuando ya estaban por zarpar, por eso no tuvimos aviso previo.

—Comandante, tenemos que verlo.

Wellesley cogió su gorro.

—Está en el hospital de campaña más al norte de Lisboa.

Lo cual implicaba un viaje de un par de horas, ya que el campamento británico se encontraba asentado en Portugal.

Harry apenas tuvo tiempo de coger algo de víveres para el corto viaje y pedir dos escoltas más para el comandante.

Esto debía ser un milagro.

.

.

.

Aidan acomodó su vendaje de la cabeza mientras se sentaba en el borde del catre. Tenía la paz de alguien que al fin estaba entre los suyos.

Había huido de las enfermeras danesas. Eran buenas personas, pero literalmente era un prisionero, así que hizo acopio de toda la fuerza que tenía y escapó. Se le abrieron algunas heridas y se provocó unas nuevas, pero pudo alcanzar una fragata británica que estaba por zarpar.

El capitán no podía creer que un hombre hubiera sobrevivido en aquella explosión y se apresuró en acomodarle. No había tiempo de cartas, y marcharon a Portugal, donde estaba se estaban reagrupando las fuerzas británicas.

Se estaba descalzando las botas, cuando alguien entró empujando el cortinal.

Apenas tuvo tiempo de entender, cuando alguien lo abrazaba con fuerza. Era Harry y literalmente estaba llorando.

Detrás suyo, y con ojos cristalizados, su padrino Wellesley.

Al verlo, Aidan se incorporó y se cuadró.

—Descanse, soldado —autorizó el comandante.

Fue un momento de emociones encontradas y reencuentro.

Aidan narró al detalle de cómo pudo sobrevivir milagrosamente y toda la faena que implicó su estancia en un hospicio danés y su propia fuga.

—Qué alivio al fin, ver caras conocidas, estoy harto de enfermeras y hospitales de campaña.

—El medico de aquí dice que estás muy bien y pronto estarás listo para regresar al campo de batalla —expresó el superior

Aidan sonrió atrayendo un espejo de la mesilla, misma que le habían traído para poder afeitarse la barba de leñador que tenía.

—De hecho, quisiera pedir una licencia —anunció, y luego se

viró a sus visitantes —, me tomaré unos días para regresar a Inglaterra y casarme de una maldita vez. Casi muero sin ser el vizconde que mi padre hubiera querido, al menos quiero tener dinero en los bolsillos la próxima que regrese aquí.

Se hizo un silencio lioso. Harry y Wellesley se miraron incómodos.

—Estuvo bueno ¿Por qué rayos me miran como si fuera un imbécil? —exigió saber Aidan —. ¿Qué ocurre?

Harry tragó saliva y habló.

—No será posible aquello.

—Explícame, yo me he ganado la licencia a pulso.

—No tiene que ver con las licencias —apuntó Wellesley

—La señorita Isabella Herbert, al saberte muerto se ha casado hace como veinte días —finalmente confesó Harry

En ese momento, la incredulidad y rabia afloraron en el pecho de Aidan y tomó de las solapas a Harry.

— ¡Mientes!

Harry se desasió del agarre. Su rostro denotaba culpabilidad. Negó con la cabeza.

—Ya hay un nuevo Vizconde de Portland —informó, sintiendo una pena profunda por su amigo —. Ella se casó con tu medio hermano Geoffrey Hamilton y éste accedió a la herencia, al ver cumplida la cláusula que tu padre estipuló.

Aquella información fue como un golpe directo al rostro de

Aidan. Le dolía más que si fuera atrapado y torturado por *La Gran Armée francesa.*

Harry intentó acercarse para darle unas palmadas de solidaridad, pero Aidan no se dejó, dándole la espalda a ambos hombres.

Wellesley le hizo una seña para salir y dejar a Aidan sólo. Que el impacto había sido muy duro, ya que él siempre creyó que sería vizconde, haciendo cientos de planes para el día que lo fuera.

El teniente Hamilton en su fuero interno agradeció la prudente táctica de su padrino, ya que se encontraba demasiado abatido, furioso y con deseos asesinos, y temía pelear con las dos personas que más apreciaba en el mundo.

Geoffrey, ese jodido bellaco, se lo había vuelto a hacer, aprovechando un desgraciado malentendido.

En un ataque de ira, Aidan arrojó todo al piso, desarmó el catre, y todo lo que había sobre la mesilla, desbaratando todo lo que encontró en su tienda.

— ¡Maldición!

.

.

.

El clima portugués era caluroso, muy diferente al lluvioso inglés, así que las cenas servidas a la soldadesca eran frías y se regaban con una jarra de vino.

Harry estaba bebiendo su ración, pero desde la distancia vigilaba la tienda de su amigo, para ir junto a él en caso que lo necesitare.

Por ello, le sorprendió cuando vio salir a Aidan y caminar directamente hacia él.

Tenía la mirada decidida.

—Basta de sentimentalismos —anunció, cogiendo la jarra de vino de Harry para beberse un trago largo —. No volveré a Inglaterra, me uniré a las fuerzas permanentes de la Cuarta Coalición aliada o donde sea que haya que ir para evitar volver ese maldito país, que no quiero regresar a ver a esos malditos que se pusieron a festejar apenas supieron que me convertí en cadáver. No los necesito, y que le aproveche la fortuna de nuestro padre a ese despreciable de Geoffrey.

Harry lo escuchaba conmocionado por la decisión.

¿Pero quién podría culparlo?

Aidan había perdido todo lo que tenía en un abrir y cerrar de ojos.

Se levantó y le pasó la mano a quien era como un hermano para él, para fundirlo en un apretón.

—Y yo me uniré contigo, amigo mío —declaró Harry, decidido.

Era más que mera lastima. Era una amistad alimentada por camaradería, solidaridad y fraternidad.

Capítulo 5

1815, Afueras de Londres.

Ocho años después

El cuartucho apestaba a cigarro barato, alcohol y perfume de mujer de vida dudosa, pero los amantes en el lecho se recreaban como si no aquello no importara.

En realidad, la mujer sí se estaba regocijando, porque en su cruel vida de prostituta eran pocas las oportunidades que tenía de acostarse con un hombre tan atractivo. Sí, de semblante sombrío e impaciente, pero el mejor amante que pudo haber tenido en su triste existencia.

En cambio, para el hombre en cuestión era muy diferente. No pensaba en absoluto en la mujer que estaba encima cabalgando, meciéndose con toda intensidad a él.

Ni siquiera le veía el rostro. Para él solo era un intercambio, unas monedas a cambio de un momento de descarga sexual necesaria.

Él gruñó guturalmente, alcanzando su satisfacción, y sin ninguna delicadeza o preocuparse que su compañera sexual alcanzara también su cúspide, le bramó —. Quítate de encima.

La pobre mujer, aún extasiada por el increíble acto, seguía temblorosa por la intensidad de placer que había sentido, no le oyó. Pero el hombre no estaba para juegos, así que la movió con violencia.

—He dicho que te quitaras —le señaló dos tristes monedas sobre la mesa —. Toma tu dinero y lárgate. Dile al tabernero que me haga subir una botella de aguardiente.

Como ella aún seguía descolocada por la violencia con la que la había sacado, él volvió a ordenar con voz más potente.

— ¿Es que no has oído? ¡Largo de aquí, mujerzuela!

Eso fue suficiente para que la meretriz cogiera rápidamente su vestido del suelo, tomara su pago y huyera rápidamente.

En la habitación quedó un olor a sexo sucio y Aidan se levantó del catre, a acomodarse los pantalones. Para su mala fortuna, la pierna izquierda empezó a molestarle, como cruel recordatorio de su situación.

Era casi un lisiado, como le gustaba exagerar él mismo.

Era un veterano de las guerras napoleónicas de 31 años, que había vivido 15 años de su vida entre sangre, sudor y lágrimas, desconociendo por completo el calor de un hogar o una familia.

Del joven amable y de modales aristocráticos ya no existía rastro. En su lugar sólo quedaba un hombre brutal, implacable y violento que se ganó su mote de "El diablo" a pulso, a causa de su truculencia en el campo de batalla.

Y además amargado, porque el año anterior, durante la batalla de Tolosa de 1814, la última de la guerra de la independencia española de las fuerzas napoleónicas, la guarnición del ahora coronel Aidan Hamilton sufrió una emboscada, que le costó una horrible herida en la pierna, que le abrió la carne.

Pero también ocurrió lo peor, en esa batalla también murió su mejor amigo, el capitán Harry Percy, dejándolo desolado y resentido contra la vida.

A consecuencia de su herida, cojeaba levemente y usaba un bastón en ocasiones, que por orgullo usaba lo menos posible. Vivía renegado a causa de las secuelas psicológicas y físicas que le trajo la guerra. La brutalidad de su carácter se recrudeció y se volvió un hombre temido.

Luego de la batalla de Waterloo hace unos meses, donde finalmente lograron vencer a Napoleón y lograr su exilio a la isla de Elba, el coronel Hamilton permaneció un tiempo más en España, hasta que decidió volver a Inglaterra y tenía un pequeño motivo, que era más bien movido por la nostalgia a su fallecido amigo.

Hace dos años atrás, Harry le convenció de invertir en una propiedad que los banqueros de Londres ardían de ganas de rematar.

Como Aidan se negaba a venir, fue Harry quien hizo el trámite de comprar la propiedad, con gran parte del capital de Hamilton y una pequeña parte del propio Harry.

Eran sus ahorros de su arduo trabajo en el ejército, donde

ganaron sus espuelas y buenas bonificaciones. Era una finca de mediano tamaño llamada Goldfield, ubicada en la localidad de Lingfield en el Sur de Surrey, alejada de Londres y de otras ciudades ajetreadas. Perfecta para iniciar una vida en Inglaterra, luego de regresar de la guerra.

Harry no pudo regresar, pero Aidan sí.

Y sólo por eso volvía en este apestoso sitio que le recordaba que además de las barbaridades sufridas en la guerra, era allí donde le robaron lo que hubiera debido ser suyo.

Hoy no extrañaba el título de vizconde ni la fortuna que Geoffrey cogió para él, sino la forma en que se dieron las cosas. Por supuesto, aquellos años, alimentó su odio hacia su hermano y siempre decía que, si volvía a verlo, le arremetería un tiro certero, ya que seguía siendo uno de los mejores tiradores que hubo tenido el ejército británico.

Habia llegado a Londres hace poco más de una semana, y lo había pasado en sitios de mala muerte como el que estaba ahora, bebiendo y pasando con prostitutas.

Habia estado ignorando deliberadamente varios mensajes que le habían llegado. No deseaba ver a nadie. Al único al que permitió molestarle era al sargento Isaac Hills, un soldado que él rescató de una trinchera, en una batalla que ya no recordaba el nombre.

El joven, que tenía su misma edad se había mostrado agradecido y jurado servirle siempre que pudiera.

A Aidan no le vino mal tener sus servicios, ya que Isaac era eficiente y hacía lo que él le mandaba. Y pensaba llevarlo a Lingfield de capataz.

.

.

.

.

El carruaje con la librea de la casa de Wellington paró justo frente a la taberna. Un coche demasiado lujoso para el basural donde estaban.

Un hombre elegante vestido como militar de alta categoría bajó del mismo y caminó sin miedo hacia el local.

Era difícil no reconocer a aquel hombre. Era el gran duque de Wellington, el conductor de la victoria aliada contra Napoleón y que llevaba su excelso título como recompensa de su gran triunfo, por haber opacado al tirano.

Arthur Wellesley era un genio militar y ahora par del reino, por gracia del Príncipe Regente.

A pesar de su nueva posición, no olvidaba sus orígenes y menos a sus afectos, como a la persona que más quería por considerarlo un hijo en toda regla: el ahora coronel Aidan Hamilton.

Él sabía que Aidan ya no era el mismo, él había visto la transición por la que pasó, y se puso feliz de saber que regresó al fin a Inglaterra.

Conocía acerca de la propiedad que compró en Lingfield y estaba seguro que venía a tomar posesión de la misma. O quizá intentar revenderla, quien sabía.

El duque sabía que pese a toda la ferocidad y rabia que acarreaba, aún era un hombre de honor, por los años de vida militar al cual entregó valientemente la mitad de su vida.

Y en una de las últimas conversaciones, su ahijado le prometió que asistiría con él a la recepción que ofrecería el príncipe regente a varios referentes de las fuerzas militares británicas que pelearon en las guerras napoleónicas. A la cabeza, por supuesto, el propio duque, quien tenía el crédito de haber liderado las batallas decisivas, que empujaron a Napoleón a abandonar España.

Y estaban invitados los representantes de aquella generación de valientes que pelearon en las distintas coaliciones aliadas. El coronel Aidan Hamilton era considerado uno de los mejores tiradores que se hubiera conocido. Con un pulso y precisión propia de un francotirador.

El Regente le había dicho al Duque de Wellington que quería tenerlo en su fiesta.

Así que Arthur había venido a buscar a su ahijado a quien pensaba empujar a aquella cena, usando el recurso de la promesa de honor.

El propio tabernero, en medio de reverencias se aseguró de abrirle la puerta del cuartucho donde estaba el coronel.

—A estas alturas ya te imaginaba vestido y listo para la jornada —arremetió Wellesley, al ver a su ahijado recostado en el sillón bebiendo de la botella, sin copas.

Aidan sonrió sardónicamente.

—Su Excelencia —sin levantarse.

Por supuesto se comportaba así porque estaban en privado y nadie podía ver el trato que tenía con su padrino.

—Hoy es la cena del Príncipe Regente, lugar al que me prometiste que irías y es tarde para cambiar de opinión. El coche espera afuera, quedaremos un momento en mi casa, donde te ayudaran a asearte y vestirte con un uniforme acorde a tu rango.

Aidan alzó sus pies sobre la mesa.

—No tengo nada que hablar con petimetres que creen que estar en guerra es un campo de juegos.

Wellesley se quitó el sombrero y se sentó junto Aidan.

—Claro que son unos petimetres y hasta imbéciles si se quiere —acordó —. Pero una promesa es una promesa. Y será la única y última vez que hagas esto, luego podrás marcharte a donde quieras.

Aidan se tocó el puente de la nariz.

—Lingfield queda tan lejos de aquí, pero intuyo que debe ser poco poblado. Sólo por eso pienso ir a ese sitio. No sé en que estuvo pensando Harry cuando decidió que esa sería una buena inversión —los ojos de Aidan se tornaron cristalinos al rememorar a su difunto amigo.

Hubo un corto silencio, ya que Wellesley también consideró a Harry como otro hijo más. Lloró con su absurda muerte.

—Haz esto por mí, asiste a este evento y luego prometo que quedarás desobligado por siempre de estas personas —volvió a pedir el duque.

Aidan miró su botella casi vacía.

Tendría oportunidad de tomarse las selectas bebidas de la bodega del príncipe regente, y además las mujeres de sociedad siempre eran muy peculiares, y su rango de coronel junto con su particular mote de *El diablo*, siempre las atraía. Sería una ocasión perfecta para acostarse con mujeres diferentes a las prostitutas con las que estuvo tratando.

Por lo menos eran meretrices algo más aseadas, porque Aidan las tenía en el mismo concepto que las furcias de cantina.

Aidan arrojó su botella vacía contra la pared, que se hizo añicos con el contacto.

—Que no se diga que no cumplo mis promesas. Vamos a ese maldito lugar —manifestó el joven coronel, ante la sonrisa complaciente de su padrino.

.

.

.

El Regente no había escatimado en gastos para la cena en honor a los héroes de Waterloo, además de estos insignes militares, cursó invitación a varios nobles, constituyéndose en el más codiciado, porque sólo lo mejor estaría en ese lugar.

El coronel Aidan Hamilton decidió llevar su bastón. En casa de su padrino le vistieron de gala con su uniforme militar y realmente tenía un aspecto impresionante con su altura y que dicho atuendo le quedara como un guante en su figura musculosa, alejada de la fina fibrosidad de su primera juventud. Estaba hecho un hombre de rotunda masculinidad, y su rostro de piel tostada se veía enmarcada por sus enormes ojos azules. El cabello lo llevaba en una coleta, porque lo había dejado crecer, dándole un aspecto imponente y fácilmente sobresalía donde fuere que estuviere.

Y esta no era la excepción, desde que entró al salón y fuera anunciado, el príncipe regente tuvo que levantar ligeramente la cabeza para poder verle la cara.

Luego de acabadas las presentaciones, el coronel Hamilton se dispuso en una esquina, donde se saludó con algunos camaradas.

Él no se engañaba a sí mismo. Tanto él como esos pobres hombres estaban completamente rotos. Las batallas habían terminado, y ahora luchaban contra todos los demonios que quedaron ¿podían simular que no estaban realmente solos?

Con toda la gloria, pero sin alegría alguna. La guerra les había quitado mucho y nunca recuperarían ese trozo de sus vidas.

En eso, ayudándose con su bastón se dirigió a buscar algo de beber, y fue ahí que un anuncio del chambelán hizo que se detuviera.

—El Vizconde de Portland, Lord Geoffrey Hamilton y su esposa, lady Isabella Hamilton.

La pareja hacía su triunfal entrada y Aidan pudo verlos claramente.

Hace diez años que no veía a Geoffrey, desde aquella noche cuando iba a cometer la rufianería de raptar a la prima de su actual esposa, sólo por destruir su honra.

Y que le robara su título y fortuna, luego de aquel malentendido por causa de la explosión en Copenhague.

Apretó los puños con furia e iba a alejarse de allí, cuando uno de los acompañantes del propio Regente hizo una seña a donde él estaba, mostrándoselo a los recién llegados.

Ya no pudo marcharse, porque venían directamente hacia él. El estúpido entrometido del que Aidan no recordaba ni el nombre, seguida de la pareja.

Ya Aidan había cruzado una fiera mirada con Geoffrey.

—Coronel Hamilton, supongo que esto será una sorpresa —dijo el hombre —. Entiendo que Lord Hamilton es su medio hermano y es una agradable coincidencia que pudierais encontraros aquí.

—Coronel Hamilton…hermano —saludó Geoffrey, con un irónico saludo

—Geoffrey —masculló Aidan, saliéndose de lo formal y educado, pero se contuvo por la presencia del extraño.

— ¿Puedo presentarte a mi esposa, hermano? —Geoffrey señaló a su mujer, una elegante y madura Isabella, quien parecía incómoda ante la innecesaria presentación.

Y bien que ella lo sabía, porque se sintió muy mal cuando supo que su ex prometido sobrevivió y todo fue un malentendido. Pero ya era tarde, ella ya estaba casada con Geoffrey. Tiempo después le regresó el anillo de compromiso por intermedio de su padrino Wellesley.

Aidan se limitó a hacer una reverencia.

—Milady —pero apenas la miró.

Lo cierto es que Aidan nunca albergó ningún sentimiento hacia esa mujer. Cuando se prometió a ella, fue por pura practicidad, porque la que de verdad le hubiera gustado para casarse fue su desgraciada prima.

Y ahora tampoco le guardaba resentimiento, ya que la pobre sólo intentaba sobrevivir en un mundo injusto. No podía culparle de nada.

En cambio, Geoffrey sí era un truhan.

Cuando el otro caballero se retiró y quedaron los tres solos, Geoffrey tiró la primera piedra.

—No sabía que necesitabas asistencia para caminar. Desconocía que fueras un lisiado.

La ira se hizo en el pecho de Aidan, pero no era el momento y el lugar. Era claro que Geoffrey solo deseaba provocarle una reacción.

Se acercó unos pasos hacia el Vizconde, sólo para que él le oyera.

—No me provoques, pequeño cobarde —advirtió—. Aunque me falte una pierna, aún puedo volarte los sesos.

Dicho eso, Aidan hizo una falsa reverencia, con una sonrisa incisiva y salió de allí.

Dejando a Geoffrey turbado por la explicita amenaza.

En ese punto, la fiesta ya no tuvo mucho sentido para Aidan.

Luego de acabada la cena, pidió permiso al Príncipe Regente para retirarse porque le esperaba un largo viaje, por la madrugada.

Apenas se despidió de su padrino y se largó.

No le había mentido al Regente, en verdad iba a irse de Londres, porque no estaba dispuesto a compartir suelo con la escoria de Geoffrey.

Iría a buscar a Isaac, que esa misma madrugada cargaran sus baúles para coger camino a Lingfield y tomar posesión de la dichosa finca que Harry había escogido.

Quizá una vida de trabajo en la campiña le harían olvidar, por un momento, la rabia y resentimiento que lo carcomía.

Capítulo 6

La tríada de niños pasó como un aluvión, a ver de ganar la carrera de quien era capaz de conseguir más bayas en aquella excursión.

Tommy, el más grande de doce años empujó Charlie de nueve, para hacerse con uno, que resultó en una falsa alarma. Inmediatamente, Arthur de ocho se puso en plan defensivo y se arrojó al mayor para defender a su primo.

Los tres niños rodaron en el suelo boscoso, gritando improperios.

Hasta que apareció alguien para separarlos.

— ¿Pero que estáis haciendo? Lo vuestro era recolectar bayas, no arrojaros al suelo y arruinar las pocas ropas que tenéis ¿queréis más motivos para que vuestros padres os quiten el permiso de venir a la escuela? —una severa voz femenina los sermoneó

Inmediatamente al oír eso, los niños se cuadraron y bajaron la cabeza.

— ¿Tenéis algo para decir? —preguntó la mujer.

—Que los sentimos mucho, señorita Allem —refirieron los mayores, pero el pequeño Arthur no los imitó.

Eso le valió una mirada seria de la señorita Allem, que hizo que finalmente el niño desistiera de su rebeldía y bajara la cabeza como los otros pequeños.

—Quedáis perdonados, entonces —. Ahora, marchad a la escuela y aseguraos de que tengamos todo listo para preparar el almuerzo. Yo me quedaré un momento a buscar ajos silvestres de los setos, que será el ingrediente de nuestra sopa de hoy.

Los ojos de los tres se iluminaron ante la sola mención de esa comida, que para cualquiera podía ser muy simple, pero para ellos representaba un exquisito platillo de la señorita Allem.

Se marcharon canturreando, como si saborearan de antemano aquel manjar.

La joven quedó sola, y suspiró con cierta satisfacción de verlos aun acudiendo a las clases que ella impartía en la pequeña escuela que tenían.

De casi quince alumnos regulares que tuvo, solo quedaban estos tres. El resto ya no pudo volver, porque debían quedarse a ayudar en la labranza o conseguir algún trabajo para ayudar en la economía familiar.

Ella no se engañaba. Sabía que los pequeños Tommy, Arthur y Charlie, venían a la escuela, más por llevarse un bocado al estómago, que por aprender a leer, escribir y hacer cuentas.

Es que las clases de la señorita Allem implicaban un curso por la mañana y luego servía un almuerzo, que se elaboraba netamente de lo obtenido de un huerto ubicado en el predio de la pequeña escuela.

La mujer se agachó a mirar unos hongos y ver si podrían servir. Debía tener cuidado al escogerlos, y más en este bosque, porque algunos eran venenosos.

Seleccionó algunos y las puso en su cesta.

Murmuró algún enojo cuando se percató que había ensuciado sus manos con lodo, y ahora no tenía más remedio que caminar unos metros al pequeño lago del bosque para lavárselo.

Cuando se acercó a la orilla, su reflejo apareció materializado en ella.

Una mujer de mediana estatura, delgada. Con los cabellos castaños y los ojos marrones. Tenía hermosas facciones, pero no resaltaba porque su vestuario era muy sencillo: sólo vestidos de colores monocromáticos y siempre con una cofia encima de los hombros. Tampoco es que tenía recursos para mejorar aquello.

La piel la tenía algo curtida por el sol, pero no mermaba su atractivo. Sus manos estaban algo callosas, pero ella los tenía con orgullo.

Pero hace diez años atrás esto era impensable, pero la señorita Claire Allem, antes conocida como la señorita Herbert, sabía que lo que le pasaba no era algo gratuito ni fortuito.

Ella estaba pagando las consecuencias del peor error de su vida.

La de haberse intentado fugar con un hombre que sólo quería

burlarse de ella, y que, pese a que la tentativa fue abortada, el seductor de Geoffrey Hamilton igual diseminó la información, que sepultó la reputación de Claire, convirtiéndola en poco menos que una leprosa.

Su tío, preocupado por el nombre de la familia y que no siguiera el destino de su imprudente sobrina, se apresuró en sacarla de Londres y enviarla lo más lejos que pudiera, donde nadie la relacionara como la protagonista de tamaño escándalo público.

Tanto así, que Claire acabó adoptando el apellido de la familia que la recibió: Los Allem.

La mujer, de ahora veintiséis años, agradecía el haberlos encontrado.

Los Allem era una familia compuesta por Lilian y Marcus, y su única hija Lydia, una muchacha de la edad de Claire.

Esta humilde familia acogió a Claire, a cambio de una pequeña renta mensual que el barón Herbert enviaba.

A pesar de que, al inicio, Claire tenía ciertos aspavientos de muchacha criada en aristocracia, enseguida aprendió lo que era el trabajo duro.

Debía despertar temprano, ordeñar vacas y traer leche para el desayuno. Ayudar en la huerta familiar, el aseo de la casa y compartir otras tareas con las otras dos mujeres de la casa.

Al cabo de dos años, el barón Herbert dejó de enviar dinero, pero la familia Allem le tenía un especial cariño a la joven que se esforzaba por encajar y pasó a formar parte de la familia.

Claire trabajaba muy duro. La consciencia le pesaba porque sabía que todo esto era corolario de sus malas acciones, así que en esos diez años se perfeccionó en todas las tareas hogareñas y de huerta, perfilándose en la cocina que le encantaba, ya que era capaz de leer libros de recetas y hacer mezclas de sabores.

Y también trabajaba para aportar dinero a la casa. Fue institutriz por dos años, pero la familia que la contrató, que era una acomodada del pueblo, la despidió cuando Claire se negó a hablar de su pasado, que era un misterio para todos, salvo para los Allem.

Estuvo cesante un tiempo, hasta que la providencia quiso que un joven médico escocés, recién recibido de la escuela de medicina se mudara al pueblo para sustituir al anciano galeno que falleció dejando vacante su puesto.

El doctor Andrew Glenn era un hombre moderno y estudioso, al que le agradó que la muchacha fuera instruida y con capacidad de ayudarlo en las crisis con pacientes en su sala de consulta, así que Claire trabajaba de enfermera con él, absorbiendo como esponja los conocimientos de como suturar y limpiar heridas, como administrar medicamentos, practicar sangrías, limpiar orinales y preparar plasmas para dolor.

Gracias al pequeño sueldo, además de aportar a la casa Allem donde vivía, la muchacha pudo cumplir un sueño desde el año anterior: montar una pequeña escuela para todos los hijos de granjeros y arrendatarios de la zona.

Una vieja cabaña abandonada sirvió para su ambicioso cometido. Lo acondicionó, encargó una pizarra de la tienda del pueblo y prestó unas sillas de la parroquia,

Daba clases por la mañana con un modesto pero delicioso almuerzo elaborado con ingredientes del huerto escolar. Por la tarde, dedicaba por completo al trabajo en el pequeño hospital del doctor Glenn. Regresaba a casa ya muy tarde en la noche, agotada pero satisfecha.

En estos años se había resignado que ésta simple y sacrificada existencia sería todo cuanto tendría. Nunca podría aspirar a conseguir algún trabajo bueno de institutriz, por causa de sus antecedentes. Y menos algún marido que al indagar en su pasado, no se horrorizara de ella.

No le quedaba más que trabajar aplicadamente. Aunque había noches que extrañaba a su familia londinense. Lo único que sí llegó a saber es que su prima Isabella alcanzó a casarse con Geoffrey Hamilton, luego de la desaparición de aquel joven teniente en la guerra. No supo más, porque luego hasta su tío dejó de enviar dinero, cortando cualquier conexión con ella.

A veces, tenía remordimientos tardíos de lo que hubiera sido su vida si ella hubiera aceptado casarse con aquel joven y no se dejaba llevar por aquella rebeldía que la llevó por el mal camino.

Cuando supo de la muerte de ese teniente, ella lo lamentó, porque no merecía un destino así. Lo recordaba cómo alguien carismático y honorable, ya que él sí guardó silencio acerca de su fuga, salvándola de cometer aquel irreparable disparate.

Acabó de cargar los hongos y pretendía volver a la vieja cabaña que servía de escuela, donde ya la estarían esperando esos tres niños ansiosos, cuando percibió que Lydia Allem, su hermana postiza se acercaba corriendo.

Claire sonrió, porque adoraba a Lydia. Ambas se llevaban maravillosamente bien y se complementaban una a la otra. Mientras Claire le enseñó a leer, escribir y algo de matemáticas, sin Lydia, Claire no hubiera podido aprender a desenvolverse en aquel mundo.

Era la hermana que el cielo le regaló. Aunque no mereciese ninguna recompensa.

Lydia Allem era una muchacha de la misma edad de Claire, de vistoso aspecto por su curvilíneo talle que no podía disimular por la pequeña cintura que poseía, aunque se pusiera las ropas más recatadas. De piel trigueña y bello semblante, tenía un carácter afable y tranquilo.

— ¡Cielos, como vienes! Ni que fuera a acabarse el mundo ¿ocurre algo? —al ver a Lydia, casi perder el aliento por apresurarse en llegar

La recién llegada se dobló para normalizar su respiración.

—Es que tenía que contarte las noticias. Todos están hablando de esto y nos carcome la curiosidad.

— ¿Qué noticias?

—Pues que el dueño de Goldfield vendrá al fin a tomar posesión de su finca. Me lo ha dicho Wilder, uno de los criados, que ese señor Murtag les ordenó acondicionar otra habitación a toda prisa, ya que tuvo que abandonar él la principal.

Claire se llevó las manos al pecho. Era una noticia que podría cambiar muchas cosas.

Goldfield era la finca más grande del pueblo de Lingfield, y congregaba a todos los arrendatarios de la zona, incluida la familia Allen que era aparcera de Goldfield desde hace años, de hecho, Lydia nació en la propiedad. El ultimo dueño la vendió hace menos de tres años, y nunca conocieron al nuevo propietario, de quien lo único que se sabía es que era un militar de rango cumpliendo servicio en el continente.

De todos modos, tenían en falta a alguien que pudiera detener los abusos del administrador Ramsay Murtag, un hombre extraño y detestado que permaneció en su puesto, pese al cambio de patrón.

La compra de Goldfield se había realizado de una forma poco usual. Fue otro camarada del nuevo dueño quien realizó los tramites de compraventa y dejó como directiva que las condiciones de arriendo y personal siguieran en las mismas condiciones hasta que el amo viniera a tomar posesión del mismo.

Esta especie de anarquía dio pie a que el cruel señor Murtag reluciera lo peor de su carácter: era estricto rayano a lo tirano y en los últimos tiempos, se había fijado en la joven Lydia, hostigándola y persiguiéndola. Hasta el momento, Lydia pudo escurrirse de él.

¿Pero cómo luchar contra el hombre que tenía el poder de cancelar el contrato de arrendamiento de los Allem y echarlos a la calle?

Era algo que atormentaba a las jóvenes, pero que se cuidaron de no comentarlo con los señores Allem, para no preocuparlos.

Pero la llegada del amo, cambiaba el escenario. Siempre podía ir y pedir ayuda. Imaginaba que un caballero, un militar que vertió sangre en las injustas guerras napoleónicas no permitiría a una sanguijuela como Ramsay en su propiedad. O al menos, el administrador mermaría sus intenciones abusivas al verse ante el jefe.

Claire y Lydia se abrazaron.

Una luz de esperanza acababa de erigirse ante ellas y Lydia al fin, podía verse librada de la persecución de ese depravado.

— ¿Si festejamos la noticia ayudándome a preparar el almuerzo para los niños? —sugirió Claire

—Claro, faltaría más —concordó Lydia

Ambas muchachas, cargando la cesta abarrotada de hongos silvestres se marcharon canturreando rumbo a la escuela.

El coronel Aidan Hamilton no había disfrutado del paisaje. Estaba de pésimo humor.

Pero al sargento Isaac le había encantado, desde que pasaron por parajes boscosos hasta alcanzar el pueblo, con sus casitas campestres y los verdes prados.

El coronel sólo atinó a dar una emoción cuando al fin alcanzaron a ver la casa señorial: Goldfield, cuando el cochero se los señaló.

Aidan resopló aburrido, el pasar por las callecitas del pueblo le pareció soporífero con todos esos niños y adultos saliendo a mirar su carruaje. Él claramente oyó que murmuraban que en ese coche venia el amo de Goldfield. Campesinos arruinados, probablemente la única novedad que tendrían en el año era la aparición de un coronel autentico.

Goldfield resultaba una enorme casona solariega de tres pisos, con cuatro torres adosadas, con pórticos clásicos y ventanas rectangulares. El jardín también tenía una buena extensión, pero a Aidan esos detalles no le llamaron.

Lo que, si le sorprendió, era la cantidad de criados esperando en la puerta de la mansión.

Habia estado en comunicación con el señor Murtag, el antiguo administrador del sitio, que conservó el trabajo aun luego de que Harry tramitase su compra, así que ya lo esperaban.

Pero no aguardaba que una procesión de personas innecesarias estuviese para darle la bienvenida.

— ¿Qué demonios? ¿Por qué tantos criados?

Isaac también se fijó, desde la ventanilla.

—Goldfield debe ser la fuente principal de sustento para toda la zona, entre arrendatarios y empleos directos.

Aidan meneó la cabeza, disgustado. Estas cosas debían cambiar.

Apenas bajaron, un hombre alto se adelantó a hacerle una reverencia y se presentó como Ramsay Murtag.

—Coronel Hamilton, es un gusto conocerlo finalmente.

Aidan correspondió el saludo y señaló a su compañero.

—Este es el sargento Isaac Mills, ha venido aquí a ser mi mano derecha, así que tened a bien el conocerlo, porque se encargará de ejecutar mis órdenes.

Ramsay se apresuró en saludar al sargento.

Aidan bufó, se quitó los guantes y pidió entrar a la casa.

— ¿No queréis ser presentado al servicio primero? —consultó Ramsay. Lo usual es que el amo se presentase antes de tomar posesión de la casa

Pero Aidan le dirigió una mirada, que hizo que Ramsay se apresurara en abrir la casa.

Apenas cruzó el umbral, Aidan dio un rápido vistazo por el interior.

Un salón espacioso, biblioteca con despacho, comedor, una salita de verano, escalones, área de habitaciones y Ramsay le informó que el área de servicio estaba en planta baja.

Acabado el corto paseo, Aidan se giró a Ramsay.

—No era necesario hacer esa procesión de sirvientes —replicó —. Se ha acabado la fiesta y no necesito tantos criados, así que proceded a echar a todos, salvo por una ama de llaves, lacayo para limpieza, y un mozo para caballos que no necesito más. Corredlos a todos con el salario de la semana.

Ramsay se quedó boquiabierto con la orden.

— ¿Estáis seguro, coronel?

—Goldfield necesita ingresar dinero a sus arcas, no perderlas. Así que el personal innecesario debe irse, porque esto es un negocio y cada metro de las parcelas debe producir. Haced que ensillen caballos para mí y el sargento.

Ramsay no deseaba ponerse en línea de fuego en la barrida del nuevo amo, que era un hombre totalmente inflexible e intransigente. Ni siquiera tendría oportunidad de influir en un sujeto como ése.

— ¿No descansareis del viaje?

Aidan negó con la cabeza.

—Soy un soldado de contienda, estos viajes no me cansan en absoluto. Tengo más curiosidad de conocer mis tierras y todo lo que se edifica en ella, así como los que viven ahí. Usted nos acompañará, porque requeriré informes completos —conminó a su administrador

Isaac no participó de la conversación, porque conocía muy bien a Aidan y éste ya le había advertido que pretendía recuperar su inversión ya que había usado todo su fondo de ahorros para que Harry lo comprase.

Ramsay corrió a cumplir las primeras ordenes emanadas de su severo patrón.

.

.

.

Un pequeño tumulto con suplicas incluidas se instaló en las cocinas, donde Ramsay comunicó la orden del Coronel.

Todos rogaban quedarse y conservar el empleo. Ramsay hizo una rápida selección y dejó a los tres que el Coronel solicitó. Al resto los despidió de prisa, insensible a los ruegos. Si al nuevo dueño no le importaba, menos a él.

Pero los dispersó enseguida y los amenazó que no divulgaran aquel detalle o no recibirían recomendaciones para sus nuevos empleos.

Todos temía a Ramsay Murtag, así que se largaron de prisa, y con las manos vacías.

Quedaron la señora Reynolds como ama de llaves también

encargada de la cocina y los mellizos William y Wilder, para establo, limpieza y cualquier cosa que el Coronel les mandase.

A estas alturas, el propio Ramsay temió ser despedido y que su puesto fuera tomado por aquel sargento Mills.

Le ordenó a uno de los mellizos que preparara tres caballos, que el Coronel, él mismo y el sargento saldrían a explorar Goldfield.

.

.

.

Recordaba las palabras de Harry mientras observaba el predio de la finca.

—*Es enorme y dará bastante trabajo*

Aunque la voz del señor Murtag lo quitó de aquella alusión.

Mientras los tres hombres cabalgaban, pasando por delante de cada granja perteneciente a arrendatarios, Ramsay los iba enumerando y explicando el monto de su arriendo anual. Muchos llevaban décadas en el lugar.

—Totalizamos 18 aparceros y sus familias —siguió diciendo Ramsay

—Quiero un reporte completo para la mañana, con detalles de cada pago realizado —indicó Aidan—. De todos modos, ya tengo ideado un plan que ejecutaremos lo antes posible. Esto es una pocilga de finca, necesita un orden.

Cada que pasaban frente a una granja, salían a verlo en tropel. Todos se quitaban el sombrero al verlo pasar. No les era difícil deducir que aquel enorme sujeto era al mentado Coronel, dueño de Goldfield.

Aidan no tenía ánimo alguno de ser amable con nadie, así que pasó de largo, pero tomaba cuidadosa nota mental de montos y beneficios.

Él los veía como simples números.

Casi en el límite con el bosque, pero aun dentro de la finca, sobresalía una pequeña cabaña.

Aidan paró a su caballo.

— ¿Qué es esto? —fijándose que la pequeña estructura tenía una huerta minúscula y parecía bien cuidada.

—Es una choza abandonada, coronel…pero creo que algunos han pasado por encima de las órdenes y lo han estado usando como una escuela —informó Ramsay, enfadado consigo mismo por no haber previsto que hacer con ella antes de la llegada del dueño.

Su teoría de sitio abandonado se esfumó cuando vieron a tres chiquillos comiendo raciones en una esquina junto a la huerta.

—Esto no está abandonado —rezumó Aidan, mirando a su administrador —. Pero como sea, esto no es beneficencia y mi propiedad no necesita escuelas, este lugar debe demolerse cuanto antes. Ya le dije que quería cada metro de Goldfield produciendo a su máxima capacidad.

Ramsay se mordió la lengua para no delatarse a sí mismo. Él mismo había permitido el funcionamiento de aquella escuela a la señorita Claire Allem, obviamente no con fines altruistas. Hace tiempo que la hermana de aquella joven, la señorita Lydia se le presentaba como la mujer más deliciosa que hubiera visto nunca y en su ardua campaña de cortejo, con el fin de obtener el favor de la otra muchacha, es que dejó que ese circo se instaurase en el lugar.

En ese momento, la señorita salió a darle más comida a esos mocosos, y Ramsay aprovechó para intentar desligarse.

— ¡Señorita Allem! ¿Cómo pudo desafiar mis órdenes y reabrir esto? —la retó desde la altura de su caballo —. Que sepa que mañana mismo este lugar será echado abajo, por órdenes del Coronel Hamilton, dueño de estas tierras.

Claire giró, furiosa. Y más cuando ella misma había obtenido permiso de Murtag.

— ¿Cómo que van a demoler este lugar, señor Murtag? —pero el resto de las palabras murió en sus labios, cuando se topó con el imponente hombre que también cabalgaba, junto al señor Murtag y otro hombre desconocido.

Fue la primera impresión más intensa que tuvo nunca. Esos enormes ojos azules y algo de ese porte, ella ya lo había visto en otra parte, en otro tiempo, en otra vida. Un fantasma, porque se suponía que debía estar muerto Se quedó unos segundos boquiabierta, hasta que el vozarrón de Ramsay lo confirmó.

—Es el Coronel Aidan Hamilton, el patrón de Goldfield y usted no tiene ningún permiso para usufructuar esta área.

Por su parte, a Aidan le tomó algunos segundos el evadirse del asombro, cuando la dama mostró su rostro.

Esa mujer. Él ya la había conocido. Claro, hace mucho tiempo, como parte de su pasado.

Podía estar un poco ajada, que no en vano pasaron diez años desde la última vez que la viera y quien sabe el estilo de vida que llevaba en la actualidad, pero esa mujer desafiante era la que una vez conoció como Claire Herbert y no Allem como oyó que Murtag la llamó.

¿Cómo es que destino era tan caprichoso y lo volvía a cruzar con una mujer como ésa?

Capítulo 7

Claire incluso llegó a pensar que era un espejismo de su pasado muerto. Pero que aquí estaba y bien vivo.

—Tu…—murmuró la joven con la mirada clavada en el hombre encima del caballo —. Eres el teniente Aidan Hamilton…

Ramsay, quien no entendía que era aquel particular duelo de miradas entre la muchacha y el Coronel, no dudó en sermonearla y más para intentar obtener buenas migas con el amo.

—No sea imprudente, señorita Allem, le recuerdo que es el Coronel Hamilton para ti y así se dirigirá de al señor de estas tierras.

Fue allí que Aidan movió la mirada, arreó al caballo, ignorando groseramente a la joven y se dirigió a Andrew.

—Regresaremos a la casa y queda usted avisado sobre las ordenes que pesan sobre esta molestosa construcción.

Dicho eso, sin mirar atrás, galopando con exigencia, tras lo cual lo siguieron los otros, sólo el joven desconocido tuvo la amabilidad de sonreírle con afabilidad.

Claire quedó con la protesta en la boca.

Literalmente ese sujeto la había ignorado, portado grosero y tenía un aspaviento rígido y agrio.

¿Será que la había reconocido y recordaba?

Imaginaba que como cualquier persona que conociera su pasado, la despreciaba por su pecado y más cuando él vivió de primera mano la intentona de fuga con ese despreciable seductor.

Las mejillas de Claire enrojecieron de la vergüenza que la sumió. Misma que siempre tenía cada que rememoraba su pasado.

.

.

.

Aidan enfiló a Goldfield, sin haber cruzado palabra con la muchacha. ¿Cómo es que aún la providencia le marcaba la presencia de una mujer tan indiscreta?

Claro que la recordaba, como la joven con la que él intentó casarse en el primer momento que llegó a la casa del barón Herbert. Su intrepidez y su porte le habían llamado la atención. Mismas que tuvo que dejar de lado, cuando descubrió su reputación voluble.

Entonces fue en este pueblo perdido donde su tío la encerró.

Se obligó a olvidar el asunto, para enfocarse en el trabajo.

Ya había caído la tarde, y desde que llegó a la propiedad, no había estado un minuto en quietud, sin descansar desde su llegada y tenía totalmente acaparado a Ramsay, quien no esperaba un amo tan hiperactivo.

Mientras Isaac terminaba de organizar el resto de la casa y

ayudaba a verificar los libros de cuentas, Aidan explicaba sus nuevas órdenes a Ramsay con la indicación de cumplir al dia siguiente, sin pérdida de tiempo.

Goldfield debía recuperar su estatus de finca de alta productividad

.

.

.

Luego que aquella comitiva se marchara, Claire se despidió a Lydia, aconsejando que siempre se cuidara del señor Murtag, y encargó a los niños regresar a sus casas.

Ella debía cumplir horario en la consulta del doctor Glenn y no podía postergarlo, a pesar del impacto que aún tenía por haber visto aquel fantasma de su doloroso pasado.

Lydia tuvo que regresar a la granja de los Allem, de lo contrario le hubiera pedido que le diera una mano en la consulta del médico. Claire tenía ciertas esperanzas que entre Lydia y el doctor Andrew se diera algo más, ya que el joven se había mostrado interesado en la muchacha.

Un matrimonio sería una excelente forma de huir definitivamente del acoso del señor Murtag, ya que aparentemente el Coronel no mostraba indicios de deshacerse de él.

Apenas llegó a la consulta, se puso el delantal, saludó a todos, y fue directamente a la cocina a preparar alimentos livianos para los enfermos que estaban internados en la consulta.

Luego te tocaría limpiar unas heridas y preparar un empastado medicinal a base de aloe y menta para aplicar a los pacientes, víctimas de golpes o fracturas.

No tuvo tiempo de seguir recordando al mentado Coronel ni de asociarlo con sus tristes remembranzas de adolescente, ya que la consulta del doctor Glenn estuvo abarrotada de pacientes.

.

.

.

Aidan cerró el enorme libro de cuentas e Isaac se sentó agotado en un sillón. Habían trabajado casi hasta poco antes de la cena, pero adelantaron mucho trabajo.

Ramsay se había retirado hace contados minutos, probablemente era la primera vez en años que trabajaba tanto.

—Pedid a la señora Reynolds que deje listo café para la noche —fue la orden que dejó a uno los mozos —. Que acondicione los granos que he traído.

Porque Aidan Hamilton se había acostumbrado a tomar café en el ejército y perdió costumbre de beber té.

A pesar de que la bebida le quitaba sueño, eso le gustaba, porque eso le ayudaba a mantenerse alerta ya que sería la primera noche que pasaría en aquella casa.

—Sigo pensado que no deberías ser tan rotundo con esos

campesinos. Podrías mejor conocerlos antes de que tu administrador ejecute las ordenes que le diste —aconsejó Isaac.

Porque era cierto, esa tarde, en ese despacho, el coronel Hamilton había emitido órdenes que cambiarían el rumbo de la finca de forma importante.

—Si no son capaces de aguantar una orden así, no es culpa mía. Estoy decidido a transformar este lugar y sólo se logrará en base a trabajo y disciplina —fue el último comentario que esgrimió Aidan y lo hizo dirigiendo una mirada a Isaac, de que ésa era su única decisión.

Eso significaba que Aidan se mostraba reacio a volver a discutir o rever su postura.

.

.

.

Claire pasó la noche en el pequeño hospital.

Hubo un accidente de carruaje y pasó la noche en vigilia, cuidando que nadie se infectara las heridas.

Además, el dueño del coche ofreció a pagarle por aquel servicio y a Claire, cualquier entrada monetaria le iba bien.

Sólo cuando el médico le dio venia, Claire se dispuso a regresar a su casa ya entrada la mañana.

Se enjuagó el rostro, preparó una cesta vacía y con un suspiro de satisfacción por el dinero obtenido se dispuso ir a la granja

Allem.

Le pareció extraño no encontrar mucha gente recorriendo el mercado, pero no le dio importancia.

Mentalmente calculaba que, con este dinero, podría comprar varias semillas nuevas para el huerto escolar. El vuelto podría usarlo en zapatos nuevos para la señora Lilian e incluso darse el gusto de comprar algunas pastas para el té.

Pero al llegar a la casa, el ambiente era otro.

Si bien los Allem vivían en una casa de una planta, bastante espaciosa, siempre era posible encontrarla cálida y humeante, gracias a las chimeneas que eran prendidas todos los días.

Pero se topó con que estaban sacando varios enseres de la casa y colocándolo en carretas. La joven apresuró la marcha, y fue ahí que Lydia, que tenía un aspecto lastimoso, con signos de haber estado llorando, se acercó corriendo a ella.

— ¡Esto es un infierno, Claire!

— ¿Pero ¡¿qué ocurre?! ¡Tienes que calmarte!

Lydia se limpió las lágrimas.

—Esto ha sido horrible. El señor Murtag trajo la orden del Coronel Hamilton, que así se llama el nuevo dueño, de un decreto de que debemos desalojar y que el arriendo ha quedado cancelado —sollozó Lydia —. Padre ha intentado tener una audiencia con el Coronel, pero el señor Murtag no lo ha permitido.

Claire oía horrorizada las malas noticias.

Los Allem vivían allí desde treinta años. Todo cuanto tenían estaba plantado allí, incluida las raíces, ya que Lydia la única hija, había nacido en ese lugar. Y en los últimos diez años habían dado cobijo a Claire, aunque el dinero de su pensión dejó de enviarse, nunca le pusieron en falta un plato de comida y un ambiente familiar saludable.

— ¿Cómo es posible? —preguntó Claire

—Todo ha sido culpa mía —murmuró Lydia, bajando la voz —. El señor Murtag vino anoche a mí, cuando ayudaba a guardar los cerdos.

Claire, quien conocía el malsano interés de ese bastardo en Lydia, apretó los puños.

— ¿Te hizo daño?

Lydia negó con la cabeza.

—Me hizo una propuesta, que sí yo accedía a sus peticiones, él influiría en el Coronel para que nuestra familia no sea desalojada ni perdiese el arriendo. Pensé que exageraba y me negué….

— ¡No es tu culpa que ese miserable sea un perverso!, no tenías por qué ceder tu integridad —Claire la abrazó con el fin de contenerla.

Y les desesperaba la imagen de Lilian y Marcus Allem cargando la carreta.

Claire sintió un pinchazo al saber que estaban a punto de perderlo todo.

¿De qué iban a sobrevivir?

Esto acabaría matando a Marcus y a Lilian. También sumiría en depresión a Lydia, creyendo de que, si hubiera cedido ante los bajos instintos del administrador, ellos no estarían en la calle.

La cruel vida que les esperaba pasó por delante de los ojos de Claire.

Pero ella no iba a permitirlo. Iba a agotar las instancias

—Por favor, ayúdame a ensillar el caballo —pidió Claire a Lydia, quien se extrañó del pedido, pero se apresuró en cumplir el pedido.

Claire subió de prisa, montando al animal.

— ¿Dónde vas?

—Voy a apelar al Coronel —explicó Claire

— Pero ¿cómo puedes acercarte si no lo conoces?, no puedes contar con el señor Murtag para eso.

Claire tenía vergüenza de explicar el modo por el cual conocía a Aidan.

Si bien los señores Allem conocían cuando la chiquilla les fue traída, que había cometido una grave indiscreción, de lo mismo se enteró Lydia, pero no conocía los detalles, y a ninguno le había interesado hablar sobre ello.

Ellos amaban a Claire por lo que era, y no por la posición que tuvo en el mundo.

—Te explicaré todo en algún momento, Lydia —prometió

Claire, antes de echar rápido galope, rumbo a la casa principal de Goldfield.

.

.

.

Aidan estaba bebiendo su café, cuando oyó el casco de un caballo que se acercaba de prisa.

Dio un rápido vistazo por el ventanal, esperando que quizá sea uno de los aparceros cuyos contratos debían ser liquidados hoy por el señor Murtag. No tenía pensado recibir a nadie, porque no estaba de humor para suplicas.

Él no era un centro benéfico, sino que era un terrateniente. Si venia alguien para llorar sus decisiones, que lo atendiera Isaac.

Pero Isaac había salido temprano y recién volvería pasado al mediodía.

Grande fue su sorpresa cuando diferenció a una mujer y lo más sorprendente, es que estaba cabalgando con ambas piernas de lado.

Por un instante, el coronel tuvo un corto *dejavú*. En su vida sólo había visto a una mujer montar de ese modo.

Cuando ella quedó frente a la casa, pudo identificarlo y asociar aquella imagen con sus recuerdos.

Era la ex señorita Claire Herbert. Ni siquiera recordaba el actual apellido que portaba.

Le dijo al mozo William que aceptaran la audiencia de la muchacha.

Aidan tenía curiosidad de saber que podría decirle ella. Y muy en el fondo, aunque no lo admitía, quería verla.

Al cabo de unos minutos, William abrió la puerta y entró la muchacha, quien tenía el borde de su vestido manchado, el cabello desordenado y unas profusas ojeras. Era claro que había tenido mala noche.

A la clara luz que se filtraba por las ventanas, él pudo apreciarla mejor.

Con su estatura pequeña, el cabello castaño era mantenido con un sencillo peinado, la piel estaba algo curtida y las manos se veían ajadas a la vista, pero mantenía un brillo intenso en los ojos y su talle seguía siendo esbelto. No tenía una pizca de maquillaje y joyas de ninguna clase.

Pero era claro que ya no era la señorita Herbert, y que sus días de niña criada entre algodones había pasado hace mucho tiempo.

Al entrar, la joven saludó con un movimiento en la cabeza.

Él no se levantó del sillón del despacho y tampoco devolvió el saludo, pero no dejó de examinarla y estudiarla a fondo. Era claro que, con la forma de entrar, aún mantenía parte de sus ademanes afectados que no pudo desterrar en estos diez años de exilio.

Pero él no iba a ceder ante ella ni nadie. Esa mujercita no

había tenido problemas en decepcionar a su familia y hundir su honra ¿Por qué debía ser él considerado con ella?

— ¿Qué hace aquí? —preguntó abruptamente, asustando a la joven, por su brusquedad.

.

.

.

Claire había creído que esto sería fácil, considerando el pasado de ambos. Al entrar y verlo detalladamente le sorprendió.

El mentado Coronel era igual que hace diez años, pero a su vez tan diferente.

Seguía siendo un hombre de porte atractivo, pero más maduro y más alto. Pero sus ojos azules, grandes y claros, que antes eran transparentes ahora se veían oscuros y fríos.

Lo mismo sus modales, en contraste de cuando era un teniente, y que se mostraba cortés y caballeroso, ahora ni siquiera se había levantado al verla entrar, ni tampoco ofrecido asiento o algo de beber.

Es más, la miraba como si estuviera desnuda. Igual, la mujer cobró ánimo para decir a lo que vino.

—Ha pasado un tiempo Teniente…es

decir Coronel Hamilton.

—Porque no me dice de una vez lo que quiere, no tengo

tiempo para sumergir en recuerdos que a nadie le importan —esgrimió el hombre con impaciencia.

Esta última grosería fue suficiente para que la joven dejara de ir por ese plan.

—He venido aquí, porque el señor Murtag, ha expedido orden de desalojo contra mi familia, por cancelación de aparcería

Aidan se encogió de hombros.

—Claro, yo he ordenado las cancelaciones

Claire avanzó unos pasos.

—Los Allem son una familia maravillosa, que ha vivido más de treinta años en estas tierras…

—¿Y quiere que conserve sus contratos porque son gente maravillosa? —profirió el Coronel, con una mueca irónica —. No voy a cambiar mis planes de expansión para Goldfield, así que no insista, igual se me hace satírico que envíen a sus mujeres a negociar ¿Por qué no ha venido su marido?

—Ellos no saben nada —aclaró ella —. Y no tengo esposo, pero los Allem son mi familia.

El Coronel levantó una ceja al oír eso.

Claire entendía que era difícil apelar ante la aparente frialdad de aquel hombre, así que decidió a recurrir de otro modo.

—Usted me conoció en el pasado como la señorita Herbert…pero ahora soy la señorita Allem, y recuerdo que usted fue amable conmigo y tuvo buena disposición hacia mí y los Herbert en aquel entonces —ambos se miraron en aquel momento, porque era claro que se refería a cuando Aidan quiso casarse con ella y la salvó del malvado de Geoffrey Hamilton —. Por eso, en honor a esa vieja amistad, apelo a por su ayuda a mantener a los Allem.

El coronel se levantó del sillón y caminó hacia donde estaba ella.

Claire retrocedió unos pasos, del susto, pero él siguió rodeándola, mirándola, estudiándola en aquella incómoda posición de la cual la mujer no se movió, porque no comprendía aquella examinación tan irreverente.

Incluso, el aroma a café que él emanaba se le metió por las narices, ya que ella conocía esa bebida, porque era algo que solían preparar en la consulta.

Sentía la mirada de él en su nuca y Claire comenzó a respirar más fuerte, por lo inapropiado de la situación, pero cuando ella iba a pedirle que tomara distancia, él afortunadamente regresó a su sitio en el despacho.

Y eso fue por ventura, porque Claire no hubiera querido regañar al hombre a quien venía a pedir un favor.

—Está bien, señorita ¿Allem?, acepto su petición —la repentina voz del coronel, quien se había vuelto a sentar la tomó con sorpresa.

— ¿De verdad permitirá eso? —los ojos de Claire se iluminaron de felicidad y dicha; se apresuró a hacer una reverencia de agradecimiento al hombre, que no era tan déspota como aparentaba.

—Pero con una condición irrevocable —aclaró él

—Claro, estoy segura que mi familia estará abierta a firmar un nuevo contrato y suscribir las nuevas reglas.

—No, eso no me interesa —puntualizó él, esbozando un brillo, que a Claire le pareció que tenía un tinte hasta infernal.

— ¿Cuál es la condición?

Él sonrió de lado, acomodado en su sillón de trono como si fuera un monarca.

—Acuéstese conmigo…y permitiré a su familia permanecer en mis tierras.

Capítulo 8

—*Acuéstese conmigo…y permitiré a su familia permanecer en mis tierras.*

Por un corto segundo, Claire creyó haber entendido mal, pero la firme mirada del hombre sentado tras aquel enorme escritorio de roble, que esperaba su respuesta le hizo comprender que no era fruto de su imaginación.

Un profundo rubor se apoderó de sus mejillas y caminó rápidamente los pasos que la separaban de aquel sujeto y dobló para entrar a él.

Apretó su puño dispuesta a cruzarle el rostro de una bofetada, por tamaño atrevimiento, pero Aidan, sentado, tranquilamente detuvo el golpe con un movimiento de su mano.

Para más horror de Claire, él sin soltar aquella mano, lo apretó mientras se levantaba del sillón, y sin sacarle la mirada de encima, caminó haciendo que ella retrocediera, era imposible para ella pretender detenerlo con su escasa fuerza.

—Que yo recuerde, su moral era bastante cuestionable…—declaró Aidan

Esa maligna frase desarmó a Claire, quien bajó la mano y su rostro se volvió blanco.

Una dolorosa mezcla de indignación y culpabilidad la azotó e hizo uso de la escasa resistencia que le quedaba para imprimir fuerza a sus pies y lograr huir de allí.

La mujer huyó tan rápido, que ni siquiera correspondió el amable saludo del sargento Isaac, con quien se cruzó.

Menos con la señora Reynolds o los mellizos, mozos de la casa.

.

.

.

Aidan se quedó solo en el despacho, sonriendo maquiavélicamente, satisfecho de aquella acción.

Internamente sentía que se estaba desquitando por lo que ella le había hecho hace diez años atrás. Era como un entretenimiento.

Lo cierto es que Aidan estaba demasiado amargado con cualquier cosa que le recordare el modo en que perdió su herencia y su título. Claire formaba parte de ese paquete.

Aunque él cargaba otros fantasmas, como las consecuencias de la guerra que estresaron su espíritu y finalmente, como cereza final, la muerte de su mejor amigo, todo eso se había transformado en un combo único que disparaba el modo de conducirse con las personas.

Pretendía ser justo, pero a su manera.

— Pero ¿qué ha pasado con la señorita? —la voz de Isaac entrando al despacho, lo despabiló.

— ¿Cual señorita?

—La dama que salió llorando de aquí ¿acaso le hiciste algo?

Aidan sonrió de lado, tocándose el puente de la nariz.

—Nada que no se mereciera, así que no te metas —advirtió Aidan, serio.

Apreciaba y confiaba en Isaac, pero no le iba a permitir que le arruinara su modo de ver las cosas.

Siguió revisando el libro contable, mientras Isaac miraba desde el ventanal como la mujer escapaba a bordo de un caballo. Era la primera vez que veía a una mujer cabalgar con ambas piernas de lado, como si fuera un hombre.

Lo que sí tuvo claro es que ella y Aidan se conocían de antes, mucho antes de que él viniera a estas tierras.

.

.

.

Otro que estaba teniendo un día de desquite era Ramsay Murtag, quien desde lo lejos y encima de su caballo, observaba como los Allem sacaban de a poco sus cosas de la casa.

Y es que sólo así Lydia podría entender quién era él. Ella lo había rechazado tantas veces y esta ultima vez, aún con la amenaza a cuestas, Lydia se dio el lujo de no entregarse a sus avances.

El orgullo de Ramsay estaba herido y exigía sangre, así que

cumplió su amenaza. Los Allem no estaban incluidos originalmente en la lista de desalojos que el Coronel ordenó, pero Ramsay logró convencerlo de incluirlos.

Cuando Lilian Allem recibió la orden, casi se desmaya en brazos de su esposo, Marcus Allem.

Pero lo que más le gustó de todo este sufrimiento fue la expresión derrotada de Lydia, mientras ayudaba a sacar las cosas junto a sus padres.

Ramsay no entendió, porque repentinamente aquella visión de Lydia llorando fue demasiado para él, así que ordenó a su caballo marcharse para Goldfield.

Sus deseos por esa mujer siempre fueron extraños y contradictorios, una mezcla de sentimientos dulces junto a otra más insana de pura obsesión, como parte de la oscuridad que lo embargaba.

.

.

.

Claire no se animó a llegar a su casa o a refugiarse a la consulta del doctor Glenn, ya que todos se asustarían con sus ojos bañados en lágrimas.

Bajó de la montura, en pleno bosque tupido. Necesitaba estar sola y aspirar aire fresco, así que se recostó por un árbol y dio rienda a su llanto, y descargó todo aquello que le pesaba.

Claire siempre fue consciente de su culpa y la carga que llevaba sobre los hombros. Sus malas decisiones casi arruinaron a toda su familia.

Era una meretriz, aunque intentase tapar aquello escudándose con el trabajo duro y el esfuerzo. Hace diez años se había transformado en otra persona, buscando el perdón y la redención.

Recordaba las cartas que llegó a escribir y que nunca envió a su tío, el barón Herbert, alguien que la amó sinceramente y a quien ella decepcionó de la peor forma.

Incluso sabía que su tío alcanzó a quererla más a ella que a su propia hija, Isabella.

Miró sus manos, que ya no eran las de una dama refinada.

No podía culpar al Coronel, él como todo aquel que supo de su indiscreción, no tenía buena opinión de ella.

Rememoraba la frialdad y dureza de su mirada, y como la estudió de arriba abajo.

Se sentía tan culpable, avergonzada y humillada.

Se levantó del tronco y volvió a subir a su caballo para volver a su casa, que no estaba lejos de allí.

Cuando llegó, el panorama era aún peor, ya que los Allem intentaban cargar lo poco que tenían en el mundo en la única carreta.

Sería una procesión deprimente. Vio a Lydia atar a los dos únicos animales que llevarían, ya que el resto fue confiscado por el Coronel en concepto de arriendos atrasados.

Los Allem eran las mejores personas del mundo y ahora lo estaban perdiendo todo por su culpa.

Ellos la habían recibido, abrigado y cobijado cuando el mundo le dio la espalda. Y lo siguieron haciendo aun cuando el dinero de Lord Herbert dejó de llegar.

Nunca la despreciaron ni le echaron en cara sus antecedentes y permitieron que Lydia creciera con ella.

Claire no podía dejar caer que ellos cayeran en ignominia ahora. Así como no la dejaron a caer a ella en el pasado.

Debía hacer algo por ellos, y sabía muy bien que era.

Dio vuelta a su montura a dirección contraria.

.

.

.

Aidan ya estaba bebiendo su segundo café de la mañana y, de hecho, ya había olvidado su divertido escarceo matinal con la ex señorita Herbert, cuando Isaac exclamó —. La señorita está regresando.

— ¿Quién? —Aidan alzó la mirada, desde el sillón.

—Pues la muchacha que cabalga con las piernas de lado. Vaya que tiene agallas —declaró Isaac, desde el ventanal.

— ¿Le prohíbo la entrada, Coronel? —preguntó Ramsay, quien había llegado hace un rato y estaba trabajando con ellos, en el despacho.

Aidan estaba seguro, que la mujer volvía para proferir insultos. Igual, eso le entretenía, así que fue firme.

—No, permite su entrada —autorizó —. Váyanse de aquí los dos, que estoy seguro de poder lidiar con una mujer.

Ramsay, no tenía animo de pelear con su imprevisible patrón y salió sin mayores discusiones, pero Isaac se quedó mirando a su Coronel, desconfiado y algo temeroso. Finalmente salió despacio del lugar.

Aidan se acomodó en el sillón, esperando que la puerta se abriera y que volviera a entrar ella. Le daba curiosidad que haya regresado.

Oyó el repiqueteo de los zapatos y las voces indistintas de uno de los mellizos, que la acompañaban a la puerta, así como la de Ramsay autorizando la entrada de la mujer.

Finalmente, uno de los mellizos abrió la puerta. Detrás de él, la mujer.

—Coronel, la señorita Allem ha venido a verle.

El mozo desapareció pronto, y allí quedó ella, pequeña y temblorosa, como si estuviera a punto de ser ingresada a un matadero.

Tenía aspecto de haber llorado, lo cual era desagradable, porque Aidan detestaba ver llorar a las mujeres.

— ¿Qué le trae de vuelta, por aquí?

Ella estaba trémula, pero aun así hizo el esfuerzo para hablar.

—He venido aquí, porque he decidido aceptar su proposición —su voz pareció amortiguarse, pero se recompuso de inmediato —Por mi familia y por protegerlos, me acostaré con usted.

Capítulo 9

Claire estaba llena de recelo y pavor, porque luego de hacer su ofrecimiento, el único movimiento que ese hombre atinó a hacer fue la de arquear una ceja, como de desconfianza. Luego pareció estudiarla unos segundos y para bochorno de la joven, él se puso a avizorar su figura al detalle, como si estudiara el producto ofrecido.

Se removió incomoda.

—Está bien, tendremos un trato. Venga esta misma noche, a cumplir su parte —finalmente esbozó él

— ¿Cómo? ¿esta noche? —preguntó ella sobresaltada

— En la guerra aprendí que el tiempo es demasiado valioso. Por el momento, detendré la orden de desalojo contra su familia ¿Cómo dijo que se llamaban?

Claire estaba casi sin palabras del modo que él decidía su situación de forma casi sumaria.

—Los Allem —aclaró ella, y luego agregó —. ¿Cómo que de momento detendrá la orden de desalojo?

Él se levantó y se sirvió una copa de brandy.

—Pues los resultados del mantenimiento de su contrato de arriendo dependen de usted y su rendimiento y aquí acabó la rutina de preguntas. Le aconsejo prepararse para la noche —él le dio la espalda, zanjando la conversación —. Cierre la puerta al salir y dígale al señor Murtag que entre.

La degradante entrevista había terminado. Para él sólo fueron negocios.

Como si fuera un simple intercambio con una prostituta. Porque, al fin y al cabo, lo era.

Nunca en su vida, Claire se había sentido tan abyecta y ultrajada en su vida, así que aprovechó el permiso y se marchó de prisa de allí, no sin antes avisar a ese otro desgraciado de Ramsay Murtag que su patrón quería verlo. Muy posiblemente para hacer detener el desalojo de los Allem.

Cuando Claire iba a subir a su caballo nuevamente, Isaac salió a su encuentro.

Pese a que era cercano al Coronel, y todavía no se presentaron, Claire tenía un buen presentimiento de aquel hombre. Se veía amigable.

—Creo que no nos han presentado adecuadamente, señorita. Me llamo Isaac Mills, sargento de guarnición, bajo las órdenes del Coronel Hamilton.

—Yo soy Claire Allem.

—Su rostro se ve algo turbado, señorita Allem ¿requiere ayuda? ¿le ha dicho algo el Coronel, que le pudo molestar?

Claire no estaba por la labor de explayarse con nadie. Además, si era un subordinado del Coronel, era claro que conocía sus gustos y sabría de sus dudosos intercambios de favores.

—Sólo estoy cansada. Si me disculpa, debo irme.

La muchacha desapareció veloz, como había llegado. Isaac quedó extrañado de su aspecto aturdido, que estaba seguro que mucha culpa la tenía Aidan.

.

.

.

Como estaba pactado, se detuvo la orden de desalojo a los Allem. Claire no tuvo corazón para confesarles el trasfondo del arreglo. Y a Lydia, tampoco, porque no deseaba comprometerla y meterla en problemas.

Ella sufriría en silencio su vejación. El coronel la consideraba una meretriz y ella no estaba en posición demostrar lo contrario.

En la granja, el trabajo volvió a la normalidad, salvo el incómodo momento cuando Ramsay Murtag vino a verlos, aunque afortunadamente se retiró pronto.

El rumor más extendido es que el Coronel había echado a todos en la Casa, conservando sólo un par de sirvientes. Que tenía un humor terrible, era intransigente y no perdonaba el mínimo error. Decían que fue por su educación y vida militar, tan disciplinada y férrea, que no le permitía ver a otros de forma más amigable y condescendiente.

Lydia, aprovechó para seguir con su trabajo de costura. La muchacha era una excelente bordadora, y la modista del pueblo, quien solía recibir encargos de otras ciudades, por sus bajos costos, solía emplear a Lydia para algunas cosas.

Decidió ir al pueblo a buscar cintas blancas para terminar de retocar unos sombreros que la modista le había ordenado. Tomó el camino del vecinal, para evitar toparse con Ramsay.

Quiso la mala suerte que el hombre la estuviera esperando a mitad de camino. Aparentemente se había dado cuenta de su jugarreta y sabía dónde emboscarla.

La joven iba con su cesta, caminando. Él, en cambio, a bordo del enorme caballo, tenía un aspecto que le generaba miedo.

Ramsay Murtag era un hombre atractivo, pero poseía un aura siniestra que aterrorizaba a las personas. Sumado a sus rumores de depredador de mujeres y la insensibilidad que siempre presentó hacia los granjeros, no era alguien de fiar.

El pecho de Lydia se infló de alarma. Al cruzarse con el corcel del administrador, hizo un movimiento para sustraerse de su rango de visión y huir, pero Ramsay fue más rápido y le cerró el paso.

—No sé qué pudo decirle tu hermana al coronel, pero que sepas, que no desisto de mi plan de que seas mía.

Esa desconocida información de que Claire había intervenido

la cogió de sorpresa, pero decidió tomar esa aclaración para ponerse frente a Ramsay.

—Pues eso significa que podremos contar con el Coronel y llegará el día que te ponga a la calle —desafió la joven, girando como podía y correr de allí.

Ramsay no la siguió, pero quedó mirándola mientras escapaba.

Lydia no se detuvo hasta alcanzar el pueblo y verse refugiada en la amable gente de Lingfield.

Por la noche cuando se encontrara con Claire, aprovecharía para agradecerle su gestión. La imaginaba en estos momentos en la escuela.

Allí alzó la mirada y se encontró con el rustico cartel de la consulta del médico.

El doctor Andrew Glenn estaría, en estos momentos, atendiendo algunos pacientes.

Lydia miró su cesta. Tenía una manzana brillante y roja que le sobró del desayuno.

De sólo pensar en aquel hombre, Lydia se sonrojaba. Era demasiado tímida, pero moría de ganas de entrar e invitarle aquella fruta al amable médico.

Pero el valor no aparecía, así que decidió volverse a casa de la modista, pero cuando giró, la tenue voz del escocés la hizo quedar.

—Señorita Allem ¿es usted?

El sonrojo la carcomía, pero no podía ignorar el llamado del médico, así que cogió ánimo y respondió a su invitación.

—Doctor Glenn —hizo una reverencia

—Vamos, pase a tomar un té. Estoy libre en este momento.

La joven sonrió.

Té con fruta no era un mal plan. Además, sería uno que le quitaría el mal sabor en la boca que le dejó el encuentro previo con Ramsay Murtag.

.

.

.

Aidan junto a su equipo pasó el día recorriendo las tierras de Goldfield, muy ocupado como para pensar en detalle en el pacto realizado con aquella mujer.

Sólo durante la cena, dijo algo a Isaac.

—Esta noche me visitará una mujer, así que no quiero interrupciones

Isaac entendió la orden. No era la primera vez que él quedaba de guardia mientras su superior recibía visita de alguna cortesana complaciente.

Aidan escupió la última parte de su plato de ostras y decidió vaciar su vaso de vino.

—Esta comida es horrible —haciendo una mueca de asco —.

Retire esa basura —ordenó a William, quien estaba aterrorizado de su patrón.

—Lo siento, Coronel, temo que la señora Reynolds nunca ha trabajado en cocinas, antes.

— ¡Que inútil!, como si cocinar implicase una gran labor —refunfuñó Aidan

Isaac apenas terminó su cena también. En este caso apoyaba a su Coronel, y era claro que las comidas de la finca no mejoraban. La pobre señora Reynolds sería despedida muy pronto y sería terrible, ya que la mujer tenía una familia numerosa que mantener con el salario que ganaba allí. Ya había tenido suerte en no haber sido despedida en la primera oleada.

—Nadie te molestará, te lo garantizo —prometió Isaac, siguiendo con el pedido tácito de su amigo.

—Recíbela por la puerta trasera, que no los vea nadie —agregó Aidan

Luego de aquella ultima instrucción, Aidan se retiró a sus aposentos. Ya se había aseado con agua caliente antes de la cena, así que tocaba solo quitarse las botas y esperar a la muchacha.

Su habitación tenía una decoración casi espartana. La cama era enorme y tenía una silla funcional junto a una mesita para el té. El colchón de plumas se veía apetecible, pero lo cierto es que Aidan no lo podía utilizar. Se obligó a olvidar aquellos detalles y concentrarse en su próxima visita.

Claire Herbert había sido alguien que él deseó en el pasado, cuando era un joven estúpido y comedido. Quedó como un deseo fallido, a causa de la volatilidad de la muchacha.

Ahora era él quien le enseñaría quien mandaba. Él lo tomaba como una pequeña venganza y además obtendría un pequeño beneficio con una mujer gratuita.

Apagó las velas y esperó que Isaac viniera a avisarle que ella ya había llegado.

.

.

.

Claire salió del trabajo del doctor Glenn. Cuando volvió a casa, apenas y prestó atención a la conversación. Lydia quería darle charla, pero Claire estaba demasiado nerviosa. Ni loca le revelaría la verdad a su hermana del corazón.

Lo bueno de la mudanza frustrada es que todos estaban demasiado agotados y luego de acabada la cena, se echaron a dormir. Incluso Lydia, que pasó el día cosiendo sombreros.

Lo cual era perfecto para el triste plan de Claire.

La de huir a hurtadillas a Goldfield y cumplirle a ese hombre detestable.

Se puso una cofia y sigilosamente marchó para la gran casa. La luz de la luna era lo suficientemente fuerte y brillante para alumbrar su camino.

En su mente quería llorar, pero debía mantenerse fuerte por su familia.

Porque aparentemente era su destino el de escapar furtivamente para realizar algo deleznable.

¿Es que sólo para eso había nacido?

Cuando Geoffrey Hamilton se burló de ella, aún era una jovencita inmersa en sueños románticos tontos. Ahora era una mujer, con una vida de sufrimiento a cuestas, con cicatrices que nunca cerraron y que conducían su forma de vida actual.

Cuando llegó a la parte trasera temió que la señora Reynolds, que conocía a su familia, la viera, por eso se asustó cuando la puerta se abrió y salió el sargento Mills.

En parte, respiró aliviada.

— ¿Señorita Allem? ¿es usted? —preguntó sorprendido, con una palmatoria en la mano.

Parecía desconcertado de que ella fuera la mujer que venía furtivamente a visitar al Coronel, pero al instante esbozó una sonrisa tranquilizadora.

—No tema, y pase por aquí.

Claire nunca había entrado antes a esa área de la casa grande, y le sorprendió.

Ella se había criado en una mansión, pero hace mucho no veía una, así que quedó sobrecogida de ver una estancia tan grande.

Isaac se portaba amable y la guio a subir unas escaleras.

Le señaló una puerta.

—El Coronel aún no emplea doncellas, por eso no le ofrezco alguien que la asista, pero detrás de esa puerta, encontrará todo lo que necesite —y luego le señaló una campanilla que estaba pegada a la pared del pasillo —. Tóquelo si falta algo y a dos puertas de aquí es la del Coronel, entre sin tocar.

El tono amistoso y con cierta lástima le daba a entender que Isaac no le tenía asco por lo que estaba por hacer. Seguro había conocido a muchas mujeres en el mundo, que no tenían más remedio que vender sus cuerpos para sobrevivir. El sargento bajó las escaleras de forma discreta.

Claire cruzó el umbral y Isaac tenía razón. Habia un cubo de agua caliente, jabones y toallas. Hasta un camisón recién almidonado. Se acercó y lo olió. Era claro que era nuevo.

Con resignación, comenzó a quitarse la ropa para asearse y prepararse para lo que le esperaba.

.

.

.

Aidan estaba sentado en la penumbra, cuando sintió unos pasos dubitativos acercarse a su puerta. En otros tiempos hubiera sacado un arma y esperar al intruso. Pero ahora sabía que era ella. Al cabo de unos segundos, la puerta se abrió de un suave empujón.

Una luz minúscula alumbró la estancia, ya que la mujer portaba una palmatoria. Parecía perdida y no darse cuenta que él estaba sentado en el sillón, así que su voz la sobresaltó.

—Deja la calderilla sobre la mesa.

La joven obedeció, pero se mantenía vacilante para avanzar.

—Acércate —ordenó él, sin levantarse —. Cierra la puerta.

La mujer, que temblaba, se acercó titubeante, acortando la distancia entre ella y el hombre que seguía sentado.

Parecía sobrecogida de percatarse de que él seguía allí sin moverse.

A él le divirtió su aparente timidez, pero le gustó la visión de la joven vestida únicamente con aquel camisón blanco, que William o Wilder, no distinguía bien cuál de los mellizos, fue a comprar del pueblo.

La luz de la única palmatoria iluminaba parte del ropaje de la mujer, dando forma a sus curvas que se vislumbraban. Sin duda, una mujer bien formada. A Aidan se le hizo un nudo en la garganta de imaginarla desnuda. Y lo quería ahora.

—Desnúdate —le pidió

Ella pareció dudar, pero la fiera mirada azul que él le dio, la empujó a comenzar a quitar los cordoncillos del camisón. Desde su sitio él podía sentir el calor de su cuerpo y hasta notaba sus mejillas arreboladas.

Ya estaba perdiendo la paciencia.

—Apresúrate —ordenó

Ella cerró los ojos y finalmente el camisón cayó al suelo. La mujer instintivamente se llevó las manos para cubrir sus partes pudendas.

Él se levantó intempestivamente y cogió esas manos y se las apartó. Quería examinar esas formas sin nada que tapara su visión.

Cuando lo hizo, pudo notar el estado agitado de la joven, que temblaba como una hoja, como si fuera que vaya a asesinarla.

A él no le importó y comenzó a estudiarla, pese a lo humillante que estaría siendo para ella, el ser inspeccionada de modo tan patente por un hombre.

Pechos llenos, buena cintura y piel clara. Buenas caderas.

Llevó una mano al vientre desnudo de la joven y ella se sobresaltó.

—Quieta, que no entiendo que te da miedo si ya has experimentado esto.

Ella no le contestó y él volvió a tocarla. La insoportable suavidad de la piel de su vientre lo encendió como mecha, y la besó en el cuello de forma violenta. Le dio un ligero empujón para que cayera en la cama.

—Ábrete para mí —ordenó él, con voz excitada

Pero la mujer, apenas tocó el colchón se levantó de nuevo como un resorte, cogió el camisón del suelo y se lo deslizó por encima de la cabeza.

Negó con la cabeza.

—Lo siento…no puedo hacer esto —y abrió la puerta para salir de allí.

Pero Aidan estaba echo un manojo ardiente. Ella no podía dejarlo así, excitado y llameante de ardor por ella. Un deseo y furia animal se apoderaron de él y la siguió para darle alcance.

Él era el maldito señor de ese lugar y una mujercita con malos antecedentes no vendría a rechazarlo dos veces.

Al verlo, Claire, quien ya estaba en el pasillo, comenzó a correr, pero él era más rápido y fue tras ella. Al llegar a los escalones, levantó su mano para estirarla desde los cordones, pero ella se movió de su rango de alcance, y dio un mal paso por causa de su pierna mala, la que tenía la herida de guerra.

Cayó rodando por las escaleras y no pudo alcanzar a cogerse de los barandales.

Cuando llegó al suelo, su cabeza impactó con un mueble esquinero y de allí, todo fue oscuridad.

Lo último que alcanzó a sentir fue los gritos de Claire y el ruido de la campanilla del pasillo.

Capítulo 10

Sentía como si su cabeza hubiera impactado contra un cañón enemigo. La sensación era idéntica, porque en efecto, en una batalla en el sur de Portugal había tenido un cruento accidente, que lo dejó fuera de combate por casi dos horas. Harry ayudó a salvarlo, estirando su cuerpo inerte en aquella ocasión.

Si ese desgraciado estuviera vivo, él también seria coronel y estaría ayudándole aquí en este bendito lugar, perdido de la civilización.

Pero siempre tenía un predicamento, siempre que ocurría algo con alguna parte de su cuerpo, esa molestia nunca significaba nada frente al dolor de la herida de su maldita pierna.

Pero ahora no la sentía, solo la molestia en la cabeza, pero nada más. Oía voces, reconocía la de Isaac y la de alguien más.

La otra cosa extraña era la sensación de frescor mentolado en el área de su pierna dañada.

—Creo que debería hacer que traigan más sopa, que estoy a punto de comerme toda la ración del enfermo —la risa de Isaac inundó el lugar

—No hay problema, que siempre puedo preparar más — la voz melodiosa de la otra persona. Una mujer.

—El medico ya se fue y fue tajante en avisar que el Coronel

quedaba aquí en buenas manos —nuevamente la voz de Isaac.

En ese punto, Aidan abrió los ojos y se encontró a su derecha a Isaac, sentado y animado, que se incorporó al verlo despertar.

—¡Has recobrado la conciencia!

Las luces de las velas le empañaban la mirada, pero cuando giró a la izquierda pudo empezar a vislumbrar a la figura que afanosamente aplicaba algo sobre su pierna.

No pudo creerlo cuando acabó la identificación. Era la propia Claire.

— ¿Qué demonios es eso? —preguntó Aidan con un hilo de voz —. Huele terrible.

—Es un emplasto hecho con hierbas especiales —informó ella

Aidan volvió la mirada hacia Isaac, pidiendo explicaciones.

—Tuviste un accidente hace dos horas. Un golpe en la cabeza al caer por las escaleras. El medico ya te ha revisado y no has sufrido daños de importancia —reportó Isaac y mirando a Claire agregó —. La señorita Allem resultó una excelente enfermera, además de asistir al médico, ella tuvo la idea de preparar esta pomada para la pierna derecha

Aidan no era imbécil ni sufría de amnesia. Recordaba al detalle lo ocurrido y como se dio la caída por las escaleras. Por culpa de esa mujer.

—Yo no pedí curación para mi pierna ¡le exijo que me deje!

—Pero Aidan, ella ha dicho que la herida es tratable, que tiene estas secuelas, porque no ha sido tratada de forma adecuada en todo este tiempo —intermedió Isaac

—Da igual —gruñó el paciente.

—Quizá no me lo ha pedido —replicó Claire —. Pero llevo casi un año trabajando y aprendiendo enfermería en la consulta del doctor Glenn y algo que tenemos claro, es que nunca abandonaría un paciente o lo dejaría sufrir, teniendo la forma de curarlo.

Ambos contendientes cruzaron miradas, y Aidan volvió a gruñir poco dispuesto a entender razones, pero su orgullo no le permitía aceptar la increíble sensación calmante en la pierna.

—Vamos, prueba un poco de esta sopa —ofreció Isaac, acercando un tazón que humeaba,

Aidan giró la cabeza.

—Seguro sabe horrible. Llévate eso de aquí.

—Pero es que no lo hizo nuestra querida señora Reynolds, así que te sorprenderá el poder comerlo sin que de arcadas.

El exquisito y humeante aroma de la comida pudo más que la voluntad de Aidan, quien moría de hambre.

Sorbió con desanimo una cucharada y se sorprendió.

Aquel caldo de vegetales era delicioso. No recordaba haber comido algo tan sabroso en años. las raciones en el ejército no tenían sabor y los platos que probó desde que tomó posesión de Goldfield eran pésimos.

Y la visión de la joven mujer inclinada, masajeando suavemente su pierna, con dedicación y esmero.

Era claro que Claire actuaba para poder salvar a su familia, ya que era alguien que no cumplía los pactos. Ella prometió entregarse, pero a cambio, prefirió huir en la parte más interesante, y no contenta con eso, por culpa de eso, él tuvo este estúpido accidente.

Al cabo de unos minutos ella acabó el masaje.

—Saldré un momento a preparar un té decente que podamos beber —refirió la mujer antes de salir. Por supuesto, sin mirar a Aidan, aunque éste no despegó la mirada sobre ella.

Cuando estuvieron solos, Isaac le frunció la frente a su amigo.

—Deja de ver a la señorita Allem como si quisieras matarla, que ha sido muy amable en quedarse y ayudar. Además, cocina delicioso.

—Sabes que no es ninguna blanca palomita. Sabes a que ha quedado ella —emitió él

Isaac se encogió de hombros.

—Si me pusiera a juzgar a todos…

Aidan acomodó la venda de su cabeza. Por la luz de la luna de afuera, podía deducir que aún era de madrugada. Vaya alboroto que hasta tuvieron que traer a un médico.

— ¿A alguien más le ha parecido raro que la muchacha estuviera aquí?

Isaac lo pensó un poco.

—El médico sí, pero no dijo nada, y tampoco creo que se airee el rumor, ya que entiendo que es amigo y mentor de la señorita Allem.

Los mellizos y la señora Reynolds no vivían en la casa, sino que venían a cumplir horario muy temprano. Aidan lo había querido así, porque no soportaba tener sirvientes husmeando su privacidad a toda hora.

Con esa información se relajó un poco.

Entonces la reputación de Claire quedaría a salvo. Aunque no entendía porque le molestó la mención del amigo médico.

¿Cómo es eso de un mentor?

Que ridículo.

Isaac le miró con ojos escrutadores.

Él era un buen hombre y era su amigo, confiaba en él, pero siempre hubo entre ambos una pequeña distancia por la posición jerárquica superior de Aidan.

—Ya, dime lo que quieras decir —autorizó Aidan

—Creo que le debes una disculpa a la señorita Allem, se ha comportado muy bien.

Aidan entornó los ojos.

—Ni hablar, ella vino aquí sin ataduras y buscando obtener algo de mí. No la defiendas, porque la conozco de mucho antes y sé cómo es ella.

—Creo que te estas apresurando en juzgarle.

Aidan ya no respondió, porque estaba cansado y el efecto del láudano ya había pasado.

Aunque tenía que reconocer que ella quedó a auxiliarle, cuando podía haber huido. Y hasta le aplicó aquel extraño calmante que hizo olvidar por un momento el dolor de su miembro inferior.

Claire Herbert era una caja de sorpresas misteriosas. Era cierto que creía, en efecto, que su moral era relajada, pero era una buena persona. Eso sí le iba a reconocer.

En ese momento Isaac le acercó de nuevo el tazón de sopa. Lo devoró con fruición.

La otra cosa que debía admitir es que la sazón de su comida era deliciosa.

.

.

.

Estaba malhumorado. Habia vuelto a perder un buen puñado de billetes en el club.

Geoffrey Hamilton, Vizconde de Portland, arrojó su abrigo al suelo y pateó la puerta de su habitación con violencia.

Su mujer, Isabella, aun lo esperaba frente al fuego.

Verla lo puso de peor humor.

A la desgraciada se le había ocurrido embarazarse justo ahora, cuando los problemas los carcomían y la hipoteca de la finca lo agobiaba.

Era la perfecta excusa para odiarla, porque le echaba en cara su dote escasa. Su tacaño padre, ese viejo imbécil de Lord Herbert le dio un monto que dilapidó en pocos años.

Recordaba que poco después de la boda, hubo una disputa por este caso, cuando Geoffrey fue a reclamar a barón por este asunto, resultando en una discusión que enfermó al anciano. En la actualidad vivía en cama y nadie sabía a ciencia cierta cuál era su padecimiento. Pero el que sea que tenía lo estaba matando y le producía perdida de lucidez y memoria. Según Geoffrey se estaba volviendo loco, pero aun así el abogado del viejo no quiso soltar prenda para entregarle más dinero.

Geoffrey Hamilton, actual Vizconde, era un hombre de 30 años, bien parecido y con gran parecido físico a su medio hermano, el Coronel. Los ojos de Geoffrey era de color miel y su rostro era agradable, pero el porte físico era casi igual al de Aidan. La misma altura y esbeltez.

Recordar a ese imbécil, empeoró su estado de ánimo.

Hace pocos días, lo había vuelto a ver, con ese porte estúpidamente altivo y recibiendo honores por su jerarquía militar.

Lo enfurecía pensar en el gesto despectivo que destiló al verlo. Era claro que lo tildaba de cobarde por no haberse enlistado nunca o por no acudir a la leva.

Lo único que alcanzó a decirle fue una burla por el hecho que tuviera un bastón.

Todos en la maldita gala de príncipe regente le ofrecieron sus respetos y lo señalaban como héroe.

Los sentimientos de Geoffrey hacia su medio hermano siempre fueron una mezcla de resentimiento y envidia.

El anterior vizconde, padre de ambos siempre prefirió a Aidan y, de hecho, quería que él fuera su sucesor. Aquella clara diferenciación de afectos fue el detonante para su rivalidad amarga. Por eso desde siempre, procuró estar un paso adelante para disgustarle su existencia.

Como, por ejemplo, cuando se dispuso seducir a las primas Herbert, las dos únicas mujeres disponibles y que eran la llave a la herencia de vizconde de Portland.

La más joven cayó enseguida, rendida ante su encanto. Luego de que el mismo Aidan le frustrara la fuga, éste imbécil no tardó en comprometerse con la otra.

En este punto, fue la providencia quien estuvo de su parte, con la presunción de muerte de Aidan, lo que facilitó que él se casara con la única chica Herbert que sobraba.

Y aprovechó la oportunidad.

Podía sentirse satisfecho cuando la noticia de que Aidan estaba vivo se esparció, ya que él sabría que todo cuanto era para él, se lo arrebató.

Pero no, pasaron los años, y siguió alimentando esa envidia, rencor y resentimiento. Si hasta su maldita esposa Isabella, que rara vez hablaba, solía recordarlo con palabras de admiración.

¿Es que nadie podría verlo sólo a él?

Ahora sabía; que se había instalado en una enorme finca en Lingfield, lo suficientemente lejos del mundo y nunca cruzarían sus caminos.

El vizconde salió a sentarse en el despacho.

Cuando notó que su botella ya estaba vacía, lo arrojó al suelo y se hizo añicos. En ese momento, y como movido como resorte, entró Godric, su criado a recoger los vidrios rotos y correr a buscar otra botella de la casi vacía bodega.

Ese pequeño hombre era tan fiel que asustaba. Geoffrey estaba seguro que si le ordenaba a Godric que viajara furtivamente a ese pueblucho donde estaba enterrado su hermano y le daba una pistola con el encargo de matarlo, aquel hombrecillo siniestro lo haría con gusto.

Pero por algún motivo, Geoffrey nunca ordenó tal cosa. Y tenía claro que es porque esperaba matar a Aidan con sus propias manos, algún día.

Saborear la muerte de su némesis sería la gloria.

.

.

.

Ya eran casi las cuatro de la mañana, cuando Claire decidió que debía marcharse. Con el doctor Glenn habían arreglado que la excusaría ante los Allem de que estuvo ayudándole en una difícil curación en Goldfield, que el Coronel tuvo un accidente. Los Allem no eran desconfiados, pero Claire necesitaba una excusa por si en el pueblo se difuminaba el chisme de que ella estuvo en la mansión.

Necesitaba descansar y además recordaba que aún estaba en problemas, porque no cumplió su parte con el Coronel, y era claro que ese hombre déspota echaría a su familia, sin contemplación.

Se sentía culpable por no ser capaz de hacer aquel sacrificio por los Allem. Pero no pudo, aunque su cuerpo se estremeció con el contacto de la piel caliente de ese hombre, que se bebió con sus ojos a su cuerpo desnudo, ella no pudo entregarse.

Era cierto que en Londres la consideraban una meretriz y en la mente del propio Coronel también era una, pero lo cierto es que Claire no lo era.

Tan solo fue una muchacha ingenua y tonta, pero nada más.

La joven detuvo la lagrima silenciosa y se dispuso a cargar su morral para irse. Ni siquiera pensaba volver a entrar a la habitación del Coronel, cuando la puerta se abrió y salió el risueño sargento Mills a invitarla a entrar.

—Señorita Allem, supongo que estará cansada y desea irse.

Permítame, yo mismo me ofrezco a llevarla, pero antes, el Coronel quiere decirle unas palabras.

Claire apretó sus labios. Lo que temía.

—Yo la espero aquí en el pasillo —informó Isaac

— ¿Cómo? ¿no entrará usted? —Claire temía encontrarse a solas con esa bestia.

—No tema, sólo será un momento.

La mujer no tuvo más remedio que obedecer y entrar.

Vio al enorme Coronel, con la venda en la cabeza, pero ya aseado y con las ropas cambiadas. Era claro que Isaac le ayudó en aquella empresa.

—El sargento dijo que usted me necesitaba.

El hombre le dirigió una de sus miradas azules indescriptibles.

—Más bien es usted la que necesita de mí. Teníamos un trato y usted lo ha roto —adujo él con tranquilidad.

El coronel iba al grano sin tiempo que perder.

Claire negó con la cabeza.

—Lo siento, pero es que yo…

—Ahórrese las excusas, señorita Allem —esgrimió Aidan haciendo una mueca de comillas al decir el apellido presunto de la mujer —. No me interesa que la detuvo, pero tengo que reconocer que puedo sacar otros beneficios de usted.

—No comprendo a que se refiere…

—Que la voy a contratar como cocinera y también hará trabajos de enfermería, que he visto su desempeño con mi pierna. Por supuesto, ganará usted un salario.

Aquella información tomó por sorpresa a la mujer, que esperaba cualquier cosa menos eso. Pero tampoco era algo que podía tomar. Ella ya tenía un trabajo con el médico y un compromiso diurno con la escuela.

—Yo ya tengo un trabajo…

—Pues renuncie y le asignaré un sitio en el área de servicio, un lugar mucho más cómodo que la granja donde vive —refirió él, con cierta malicia —. ¿Ya le he dicho que tomar este trabajo es la condición que le impongo para salvar a su parentela de echarlos de mis tierras?

Al oír la última frase, Claire rindió su negativa y su reticencia.

Ese malvado hombre la estaba colocando en una posición entre la espada y la pared.

Pero también era una oportunidad única de regresarle el favor a los Allem.

—O es eso o acostarse conmigo. De todos modos, en ambos casos ganaría dinero. Tómelo o déjelo —presionó él

Aunque Claire gustaba de asistir al médico y le hacía mucha ilusión el mantener la escuela y el bonito huerto escolar, no le quedaba mucho salvo rendirse a la evidencia.

No podía negarse a ese hombre, por mucho orgullo que tuviera. No, cuando los Allem estuvieran de por medio.

—Está bien —asintió la mujer —No me deja mucha alternativa, así que acepto trabajar para usted. Todo sea por el bien de mi familia.

Capítulo 11

Habia podido evitar al Coronel durante casi dos días. Todo el tiempo lo pasaba en la cocina y él no había requerido su servicio de enfermería. Ni loca entraría a ofrecérselo por su cuenta.

Claire era consciente de lo que ambos pasaron juntos y era incapaz de olvidar esa mirada que emitía juicios de valor sobre ella.

Dos días, el hombre los pasó en la habitación recuperándose del golpe, y en todas las ocasiones era la señora Reynolds quien le llevaba las comidas al cuarto.

Agradecía tener a una mujer como ella trabajando. Era cierto que la pobre no sabía cocinar, pero era discreta y diligente, ya que se encargaba de subir todas las comidas sin decir una sola palabra.

Además del personal de servicio y del Coronel, también debía cocinar para el sargento Mills y ese siniestro señor Ramsay Murtag.

Con respecto a su familia, Claire no tuvo problemas. Era notorio que ella necesitaba un trabajo y ellos no se opondrían. Pero nunca supieron del arreglo que ella hizo con el Coronel para detener su desalojo, triste destino que sí sufrieron otros granjeros,

A quien sí tuvo el tino de aconsejar fue a Lydia, que no se le ocurriera de visitarla en cualquier hora, que ese señor Murtag estaba en la propiedad, para no tener problemas. A ella si acabó confesándole la verdad, con la promesa de no contárselo a sus padres.

Le dieron una habitación en la buhardilla. Y desde entonces preparaba tres comidas al día, sin contar el café, ya que el Coronel detestaba el té.

Esa mañana se levantó, sacó ingredientes y se puso a amasar. La señora Reynolds le había comentado que el patrón solo bebía café y odiaba las pastas dulces. Así que a Claire se le ocurrió que un pan recién horneado podría servir.

Como comenzó temprano, el desayuno estuvo listo poco después de las siete de la mañana.

Mientras ordenaba a los mellizos como servir los platos para llevarlos al comedor, por la ventana pudo vislumbrar que su buen amigo, el doctor Andrew Glenn se acercaba por el patio trasero, donde estaba la entrada de servicio.

La joven sonrió, porque apreciaba al médico.

—Lleva estos platos, Wilder y cuida de no echarlos en la escalera —pidió a uno de los mellizos —. Yo saldré un momento a recibir al médico.

El muchacho obedeció.

.

.

Aidan aún sentía una ligera molestia, pero aun así decidió que saldría de esa habitación para reincorporarse al trabajo.

Y tenía que reconocer que las lecciones eran muy diferentes de la realidad. En el colegio, había recibido educación financiera, pero nunca antes había administrado una finca.

Maldita la hora en la que Harry le dejó este problema.

Se acercó a la mesilla donde William le dejó un cubo de agua y unas cuchillas para poder afeitarse.

Estaba en la labor cuando un delicioso aroma inundó sus fosas nasales.

El perfume de las hogazas de panadería. Claro que lo conocía, sólo que hace mucho tiempo que no sentía uno.

Era claro que venían de las cocinas y Aidan de inmediato asoció la razón. Claire Herbert llevaba trabajando en la casa desde hace unos días. No la había visto, pero la estuvo sintiendo en todos los odiosos pero sabrosos platos que estuvo engullendo.

No comprendía porque le daba comezón pensar en ella. Quizá porque lo engañó y no lograba perdonarla. O quizá, todo tenía una raíz más profunda, de cuando ella prefirió huir antes que casarse con él hace tantos años atrás.

Aidan bufó. Ese no podía ser el motivo. Él ya no era un crío y, de todos modos, se salvó de casarse con una libertina.

Acabó su labor y terminó de vestirse para bajar a desayunar. En eso, desde el ventanal del pasillo, vio una escena que no le agradó.

Claire, vestida con delantal sonreía de lado junto a ese tal doctor Glenn, su supuesto mentor. Ambos conversando animadamente y ella parecía entregarle una cestilla. Era claro que le estaba convidando parte de la comida que se preparaba en la casa.

¿Quién le había dado autorización?

Pero sobre todo ¿Qué rayos hacía ese sujeto en su finca?

Aidan no necesitaba sus servicios.

Con un pésimo humor, bajó las escaleras.

.

.

.

Té, café, hogazas calientes de pan, salmón ahumado, tartas de carne y tartaletas. Era un desayuno preparado con esmero.

Claire sabía que el Coronel hoy se reincorporaba al trabajo y deseaba causarle buena impresión, así que se despertó temprano para cocinar los platillos.

Además, la joven tenía mucha confianza en sus habilidades, así que estaba segura que comerían con gusto, incluso ese señor Murtag.

Habia sobrado algo de panecillos, así que cuando su amigo el médico, pasó a saludarla, ella no dudó en invitarle con una cesta. Andrew sólo quedó un momento, más había venido para preguntarle si su hermana Lydia podía tomar su lugar en la enfermería.

Claire quedó en enviar recado a Lydia y ambos se despidieron.

Se puso a ordenar la alacena, cuando Wilder uno de los mellizos, bajó corriendo con una bandeja llena, sin tocar.

— Pero ¿qué ocurre?

El pobre mozo parecía avergonzado.

—Le serví los platos tal como me dijo…y aunque el sargento y el administrador los comieron…el coronel probó un bocado y los rechazó.

— ¿Cómo que los ha rechazado?

—Lo siento, señorita Allem, él pidió devolver todos estos platos y ordenó que se rehagan

Claire llevó un dedo a las comidas de la bandeja y le dio una probada. Sabían muy bien, bastante deliciosos y esponjosos.

¿Qué era esta escena de ese hombre infantil?

Tuvo el primer impulso de ir a reclamar. ¿Pero cuál era el punto?

Ella era una simple criada y además si lo hacía, corría peligro de comprometer al pobre Wilder, que estaba aterrorizado de ser despedido.

La joven suspiró.

Recogió su melena, buscó harina, huevos y algo de carne seca. Conocía una receta de tarta, que no llevaba mucho tiempo el cocinarse, así que decidió hacerla.

Isaac y Ramsay miraban sorprendidos ante la desmedida reacción de Aidan.

Ambos alcanzaron a probar algo de la comida y era deliciosa, pero él las hizo devolver en la cocina e intimando a que se volvieran a preparar.

Por supuesto, no se pondrían en plan de contradecirle, porque podía tener una reacción terrible.

Ramsay no entendía la situación, así que prefirió levantarse luego de excusarse en que debía revisar las caballerizas.

Quedaron Aidan e Isaac, y cuando el segundo iba a preguntarle que tenía de mala la comida que se llevaron, el ruido de unos tacones lo hizo desistir.

La propia Claire se materializaba, cargando una humeante bandeja.

Aidan no le despegó la mirada de encima, mientras ella servía los platos.

— ¿El administrador no desayunará?

—Limítese a servir el desayuno sin hacer preguntas y por su bien, espero que esta vez sepa bien —gruñó Aidan, con una grosería que espantó a Isaac, quien se sentía en medio de una fuerte tensión en el fuego cruzado de miradas entre la joven y el Coronel.

El joven sargento, incómodo, dejó su servilleta y salió discreta y rápidamente del allí, arrepentido de no haber seguido a Ramsay.

Aidan notaba que ella intentaba contenerse.

—Si me dice la siguiente vez cuales son los ingredientes que no le gustan de la comida, las omitiré —adujo ella, con el rostro rojo y nervioso.

Pero Aidan tenía atascado algo en la punta de la lengua que no iba a mesurar.

—El problema aquí es que está distraída.

—No sé a qué se refiere, siempre cuido mucho los fogones y el gramaje de las cantidades —se justificó ella, sin comprender el ataque.

Pero el mal genio de Aidan estaba desatado.

— ¿Acaso me va a negar que las visitas masculinas que recibe no la distraen?, no pierde el tiempo ¿verdad? —refirió con crueldad —. En mi casa, no aceptaré liberalidades de ningún tipo ¿acaso no aprendió la lección en casa de su tío?

La cara de Claire se arreboló con intensidad, y en su pecho se acumularon la rabia y la indignación.

En un impulso, cogió el té frio que estaba en el tazón y se lo derramó directo a la cara de Aidan.

Al darse cuenta de su acción, Claire se asustó y corrió.

Aidan se incorporó intempestivamente también y caminó zancadas para alcanzarla. No fue difícil y la detuvo fuertemente por un brazo.

Ella lloraba.

— ¿Cómo se atreve? ¿Quién es usted para juzgarme? ¡suéltame! —ella quiso desasirse

— ¿Acaso lo negará? —insistió él

— ¡Por supuesto que lo niego!, el doctor Glenn sólo es mi mentor, quien me dio trabajo cuando nadie lo hacía. Es un buen hombre —Claire se limpió las lágrimas con el brazo libre —. ¿es que acaso me seguirá castigando toda la vida porque no quise casarme con usted cuando éramos jóvenes? ¡créame que lo sigo pagando!

Claire había ido directamente al grano, colocando sobre la mesa, aquello de lo que no hablaban.

Aidan la soltó.

—No es eso.

—Entonces nada tiene justificación. Y ya que tanto pregona que su casa no aceptará liberalidades de ningún tipo ¿Por qué sigue trabajando con Ramsay Murtag?, es un hombre siniestro y no tiene buenas intenciones con mi hermana —Claire se puso defensiva.

—Murtag es un sujeto sombrío y hasta pintorescamente extraño, pero no es mala persona. No sé si pueda decir lo mismo de su amigo.

—Usted no lo conoce.

—Pero sé leer a las personas, y en esto tengo bastante experiencia.

Claire lo miró con sus ojos cristalizados.

—Si tanto sabe de las personas realmente ¿de verdad me cree una meretriz?

Hubo un cruce de miradas.

Aidan fue capaz de ver el cristalino del iris de los ojos de ella. Transparente y diáfano, incluso cansado. Quizá de que todos la juzgaran y que siguiera pagando tan caro un error de su juventud.

Ella decía la verdad. No era ninguna furcia. Tan solo una mujer atribulada.

Y él era un imbécil.

Claire se marchó corriendo hacia la buhardilla, dispuesta a coger sus escasas pertenencias y largarse de allí.

Aidan quedó unos momentos, hasta que la siguió hasta la puerta de su habitación donde le cerró el paso.

—De acuerdo, soy un idiota. No debí haberle dicho tal cosa.

Ella que no se esperaba tal muestra, porque nunca creyó que el implacable coronel pudiera aceptar un error, quedó boquiabierta.

—Retome su trabajo y prometo no volver a decirle algo como esto. Es parte de mi endemoniado carácter que ya no puedo controlar —siguió diciendo él

Ella, una buena persona por naturaleza, asintió con la cabeza.

Aceptaba aquella disculpa, dicha tan a la manera del impetuoso coronel.

—Entonces, déjeme servirle el desayuno. No podrá negarse a la tarta, que es mi mejor receta.

El hombre esbozó una sonrisa y la siguió de nuevo al comedor

Habían corrido peleados y con enojo. Ahora regresaban tranquilos, como si una parte del rencor entre ellos se había apagado en parte.

Aidan devoró con fruición el desayuno ante la mirada de la joven.

Él iba a decirle algo, pero la charla se cortó, cuando entró William a avisar de que el señor Murtag tenía dificultades con algunos desalojos.

Cuando Aidan volvió la mirada, ella ya había regresado a la cocina.

.

.

.

Claire no volvió a salir hacia el comedor o algún otro sitio donde pudiere cruzarse con Aidan. Luego de que ella y sus compañeros acabaron la cena, ellos se marcharon a casa. Ella subió a su habitación a prepararse para el sueño. Estaba agotada.

En la alacena de la cocina había dejado algunas tartas, porque Isaac le dijo que volverían tarde.

El sargento Mills era alguien muy afable, ya que luego de la discusión con Aidan, fue a buscarla para preguntarle si todo estaba bien.

Ella no le dio detalles, pero insistió que en que ya las aguas estaban en calma.

La joven se desató la trenza y se puso un camisón abrigado. Se sentó a escribir una carta para Lydia, para comentarle sobre la oferta laboral del médico. Que le enviaría mañana con uno de los mellizos, luego del desayuno, cuando los hombres se hubieran ido.

Por algún motivo no podía dormir y cada tanto dejaba la escritura e iba mirar por la ventana, cuando creía oír el casco de un caballo.

Si vio al sargento Mills cuando llegaba, incluso cuando lo hizo Ramsay que se retiró enseguida. El administrador vivía ahora en una casa dependiente, a dos kilómetros de la mansión principal.

Claire acabó la carta y seguía inquieta. No sabía cuánto tiempo había transcurrido. Cogió la palmatoria y salió al pasillo, a buscar el viejo reloj.

Ya era poco más de las diez de la noche. Muy tarde.

Y ni rastro del Coronel.

Lo que era claro es que no podía dormir. Tal vez un poco un de aire fresco le vendría bien.

Encima de su camisón, se calzó un sobretodo y tomando la puerta trasera, decidió salir.

La luna se reflejaba en su piel y la brisa nocturna era agradable. No recordaba la última que hubiera dado un paseo así. Siempre estaba trabajando y volvía cansada a la casa de los Allem.

Sólo tenía pensado llegar hasta la entrada del bosque, donde acababa el prado para luego regresar, ya que era oscuro y le temía a las serpientes.

Pero cuando llegó al que debía ser su punto de llegada, el sonido de un hacha cortando algo con fuerza la hizo quedarse.

Debía regresar, pero en cambio, movida por un sentimiento inexplicable se acercó atraída al ruido, que llevaba ya cerca del pequeño lago interno del bosque.

Al principio no vio nada, pero se apresuró a esconderse tras un árbol, cuando se encontró con el causante del pequeño alboroto.

Era el Coronel, sin camisa, sólo con pantalón y botas, junto a una pila de troncos.

El hombre no se había dado cuenta de su presencia y cortaba cada una de aquellas grandes ramas con mucha fuerza.

Claire quedó boquiabierta con la intensa visión de la piel desnuda de aquel hombre. El fulgor de la luna destellaba por sus pectorales perfectamente formados y esos brazos que tenían el tamaño suficiente para sofocar a una mujer de su tamaño si quisiera.

Pero la admiración duró hasta que se dio cuenta de su expresión.

El coronel tenía un semblante dolido, agobiado, angustiado y triste. El brillo de sus ojos lucía apagado como si estuviera viendo imágenes traumáticas o que inclusive los estuviere reviviendo.

El hombre no estaba cortando troncos porque le gustara o por necesidad, sino que, con aquel acto de golpear, estaba descargando una tensión que lo estaba ahogando.

Luego en un acto fugaz, lo vio arrojar el hacha a un lado y sacó una pistola y comenzó a disparar a unas piedras dispuestas.

Todas fueron partidas en dos, dando cuenta de la precisión del tirador. Claire no entendía de armas, pero era claro que era una pistola adaptada, ya que según había leído, éstas necesitaban ser recargadas entre balazo y otro.

Igual, aquel hecho no le importaba.

Lo que sí la mortificó fue comprender el motivo por el cual el Coronel estaba haciendo eso.

Lo había leído una vez. Que decían que era un mal que traían los soldados de la guerra. Como un trauma que les impedía dormir o tener relaciones sociales adecuadas. Incluso cambiaba el carácter a las personas.

Claire entendió que ella estaba demás allí. Ese asunto sólo le concernía al coronel y ella estaba violando su privacidad en algo donde las demás personas sobraban.

Acomodó su sobretodo y se escabulló de prisa de allí.

De camino a la casa, entendió todo.

Así como ella cargaba el estigma de ser una ramera para todos los que la conocieron en su vida pasada, sobre él pesaba el doloroso fantasma de la guerra. Ese maldito genocida que se llevó miles de vidas, entre ellas de su mejor amigo, Harry.

Aquel descubrimiento suscitó en Claire, una insólita ternura por aquel hombre que seguía peleando sus batallas aun cuando estas ya habían acabado.

Capítulo 12

Claire Herbert, es decir Allem llevaba trabajando para Goldfield cerca de dos semanas.

Y Aidan entendía que estaban llevando la fiesta en paz.

La comida era deliciosa y aunque se encontraban por las tardes cuando ella le aplicaba el emplaste medicinal por la pierna, el trato era frío y profesional. Sea lo que esa pomada tenía, le producía un alivio intenso, tanto que se atrevió a viajar, sin llevar el bastón que tanta vergüenza le daba, porque le daba una sensación de ser un lisiado.

Y aunque el trato entre ambos tenia las características de un patrón y una sirvienta, con la distancia que conllevaba la misma, algo había cambiado.

Y era la transigencia, tolerancia y respeto que ahora se daban, luego de la horrible discusión tenida donde ambos dieron a conocer sus pensamientos sobre el otro.

Otro punto que le agradaba de ella, es que no lo miraba con lastima cuando curaba su pierna maldita, sino que le imprimía un cuidado discreto.

El coronel Hamilton junto a Ramsay Murtag programaron un viaje de negocios a Bath, ya que el dueño debía arreglar algunas transacciones que se vieron trastocadas luego del corte de suministros ocasionados por el despido de varios aparceros.

El sargento Mills quedó a cargo en lo que iban a ser cinco días de ausencia y se respiró cierto alivio entre el personal.

—De los quince aparceros con orden de desalojo, sólo cuatro cumplieron efectivamente, al resto aun le aplicamos cierta tolerancia por antigüedad ¿quiere que emita un boletín pidiendo nuevos granjeros? —preguntó Ramsay, quien tomaba nota.

Ambos estaban en el comedor de la posada donde quedaban en Bath.

Aidan no entendía su propio cambio de pensamiento. Cuando tomó posesión de la propiedad estaba decidido a renovar todo, pero aparentemente el contacto con esas pobres personas le ablandó en parte el corazón.

La culpa la tenía Claire, ya que ella había suplicado tanto y fue capaz de todo por salvar el contrato de su familia.

Sólo por eso estaba haciendo la vista gorda y no procedía al desalojo compulsivo de aquellas personas, pese a que ya había recibido solicitudes de otras de mejor prospecto para arrendar.

Sólo llevaba dos días y medio en esa ciudad. Y ya estaba agotado. Quería volver. Deseaba hacerlo. Tenía que hacerlo. Como si algo le llamase a regresar cuanto antes.

Fue cosa de un segundo decidir que Ramsay quedara a terminar el trabajo y él se volvería sólo a caballo a Lingfield.

Lydia Allem era demasiado bella para su propio bien, y por ello agradecía el haber conseguido el trabajo con el médico. Uno que perfectamente podía conjugar con el trabajo de costura y bordado que tan bien se le daba.

Además, le permitía estar de cerca junto al buen doctor. Y como bien le dijo Claire, el otro motivo por el cual ella se marchaba en paz a trabajar a Goldfield era el saber que ella, con el apoyo del médico, estaría protegida de Ramsay, ya que éste se encargaba de llevarla y traerla.

Andrew era una persona alegre y jovial con los pacientes, pero también era reservado y educado.

Porque nunca daba muestras de avanzar sobre Lydia, que empezó a beber los vientos por él gracias al estrecho contacto.

Sería un matrimonio bastante dispar si llegaba a concretarse, ella hija de un granjero, y él un médico de buena posición económica. Pero por soñar no pasaba nada.

.

.

.

Aidan llegó, y apenas lo hizo, salieron los sorprendidos mellizos a recibirlo. No lo esperaban.

—Llevad a *Diablo* al establo, y ponedle doble ración de agua y forraje —ordenó entregando las riendas

Wilder se adelantó, parecía nervioso.

— ¿Por qué no pasáis primero al salón por té?

Eso sí fue extraño. ¿Desde cuánto le ofrecían eso en su propia casa? Y además él no bebía té.

Notaba al mellizo, como si no quisiera que entrara más allá.

—Haced lo que os digo. A ambos —volvió a ordenar

Los pobres hermanos no tuvieron más remedio que obedecer, pero era claro que le ocultaban algo.

Aidan era desconfiado y se llevó una mano en el saco, donde guardaba un puñal, y entró a la casa.

Todo en orden. Sus instintos no le daban cuenta de nada extraño, pero cuando se acercó hacia el pasillo que conducía a las cocinas, oyó varias vocecitas indistintas.

Imprimió cuidado a sus pisadas y fue más adelante, al llegar a la cocina se ocultó y allí vio a tres niños sentados en la mesa del servicio, comiendo dulces y de espaldas, Claire atendía el fogón. Los pequeños comían con fruición y Claire se veía tan feliz y relajada en medio del bullicio infantil.

Muy diferente a esa tensión que le notaba cuando estaba con él.

Ahora entendía porque los mellizos se pusieron nerviosos al verlo llegar inesperadamente. Es que eso significaría que se revelaría el pequeño secreto de que Claire recibía niños en la casa y les daba de comer.

En otros tiempos podría regañarlos, por desobedecer sus órdenes o por meter extraños a la casa.

Pero no pudo hacerlo. No cuando Claire se veía tan distendida y tranquila.

Temía que, si intervenía, sí que lo tildarían por el mote por el cual se lo conoció cuando estaba en el ejército, El Diablo Hamilton, el mortífero tirador de las fuerzas de coalición contra el bloque bonapartista.

Muchos le creían un sujeto sin sentimientos e incluso amoral, por su falta de paciencia. Pero lo cierto es que él era un hombre hecho a sí mismo que le costaba entender la debilidad de otros, porque él creía no haber tenido nunca ninguna.

Así que dio vuelta y se marchó calladamente para que ella ni los mocosos no se dieran cuenta de su presencia.

Además, tampoco tenía ganas de admitirse que había vuelto, porque quería estar cerca de la tranquilidad que le inspiraba esa mujer tan particular que el destino se empeñaba en ponerla una y otra vez frente a sus narices.

.

.

.

Unas horas más tarde, cuando le tocó preparar la cena, Claire ya había sido alertada de que el Coronel había vuelto.

No quería que los mellizos pagaran por su culpa, así que

cuando las bandejas de salmón estuvieron listas, ella misma se encargó de llevarlos a la mesa donde esperaba el Coronel y Isaac.

Al entrar se topó con que él no le despegaba la mirada de encima, y eso la puso nerviosa. Tanto que se equivocó al servir el arroz al sargento Mills. Es que a pesar de que ella tenía los ojos atentos a la mesa y la labor, ella podía sentirlo a él.

Sabía que se vendría un reclamo en un momento a otro.

— ¿Dónde están los mellizos? —oyó la voz del Coronel

—Es que estos salmones para poder disfrutarlos, merecen una buena mezcla con las salsas y debe hacerlo alguien que sepa de cocina —se excusó ella

—O quizá temen que los despida porque me ocultaron la interesante visita que tuvieron hoy.

Las manos de Claire temblaron. Lo que temía.

—Le ruego asumir toda la culpa. Son niños, los mismos de la escuela…

—Esa cabaña fue demolida —observó Aidan

—Lo sé, y esos niños solo contaban con esa ración de comida de la escuela. Sus padres perdieron sus trabajos con el anuncio de cancelación de contratos de arrendamiento que se aplicó. Yo pagaré toda la comida que les di —se apresuró Claire en rogar

Un silencio de unos segundos se hizo.

Ni Isaac se atrevió a intervenir.

—No sea ridícula, no soy tan miserable como para obligarla a pagar por un mendrugo de pan.

Claire alzó la mirada, sorprendida por aquella respuesta tan magnánima.

—Puede seguir invitando a esos mocosos, siempre y cuando no entren al despacho ni se acerquen a mí —agregó.

Si Claire hubiera tenido platos en la mano se le hubieran caído.

Aquel permiso casi la hizo lagrimear. Se apresuró en hacerle una reverencia de agradecimiento.

—No haga eso, no estamos frente al príncipe regente —siseó él, algo avergonzado del gesto de ella.

Y allí ocurrió algo que le iluminó. Claire le sonrió dulce y cálidamente.

Tanta fue la impresión que la causó, que casi se atraganta con un trozo de la cena. Afortunadamente ella se marchó antes de darse cuenta.

Pero si quedó Isaac, quien quedó mirándolo con cierta pillería.

—No quiero oír comentario alguno —siseó Aidan, para cortar cualquier idea de su camarada.

Él siguió cenando, procurando que por su rostro no se vislumbre de que estaba feliz por haber vuelto a casa. Y todo porque sabía que ella y su deliciosa comida lo esperaban.

De hecho, ni él lo admitía para sí mismo.

Al día siguiente, volvieron a encontrarse cuando Claire fue a llevarle el café en el despacho.

Él estaba trabajando.

Ella, hacendosa, trajo la bandeja con las delicias y la bebida preferida del coronel.

Hubo un interesante silencio mientras ella servía. Él no le quitaba los ojos de encima y cuando ella estaba marchándose de vuelta con la bandeja vacía, tuvo el impulso de hablarle.

—Creo que eres apta para una pregunta.

Ella giró, con cierto nervio a cuestas.

—Estoy a sus órdenes.

—Me gustaría saber tu punto de vista, porque es claro que tienes uno, sobre los desalojos dispuestos a los antiguos granjeros —preguntó él

Ella se asombró que la consulta fuera esa. ¿Por qué le preguntaba eso si sabía que la respuesta la iba a comprometer?

—No tema darme su auténtica opinión —autorizó él

Ella apretó su mano con la otra.

—Es injusto con esas personas, muchos llevan trabajando en esas parcelas desde otras generaciones. No merecen perder por lo que tanto han trabajado.

Aidan bajó su pluma.

— ¿Entonces es justo que yo acepte aparceros que no se adecuen a las nuevas reglas de agricultura? Ya no estamos en la década pasada. ¿Por qué debería aceptar las debilidades de otras personas que no fueron capaces de adecuarse al sistema? —argumentó él

—Es que nadie dijo que fuera justo para usted, pero esos granjeros no tuvieron oportunidad de adquirir los conocimientos de las nuevas corrientes. Estoy segura que si se les diera una chance, una capacitación adecuada, las cosas serían distintas y usted estaría satisfecho —razonó ella

Él sentía interés por el punto de la joven.

— ¿Y porque cree que sería mejor con ellos?

Claire suspiró.

—Los lugares cambian de dueño, pero la memoria no —Claire los miró con sus enormes ojos marrones —. Nadie podría entender sus parcelas como la entienden ellos.

En este punto, Aidan estaba fascinado oyendo la justificación de la joven. Él nunca lo había pensado de aquella forma. Se levantó y se acercó a la joven, tan cerca que él podía verla a los ojos, con sólo bajar la mirada.

Justamente por su aversión a la debilidad y cobardía, es que sus últimas acciones podían ser catalogadas como insensibles y malvadas. Pero Aidan creía tener razón.

Pero de boca de esta mujercita, se oía diferente.

Antes de poder decirle algo, tocaron la puerta y William entró con una bandejita con una carta que acababa de llegar.

Claire quiso aprovechar y huir con William, quien salió apenas entregó lo que el correo acababa de traer.

—Quédese, por favor —pidió él, mientras rompía el sobre y extendía la carta para leerla.

Era una misiva del gran duque de Wellington, su padrino. Generalmente las cartas de él le agradaban, ya que ese hombre era como su padre y responsable de gran parte de su crianza.

Acabó de leerla y arrugó la carta.

Claire lo miró interrogante.

—Espero no sea nada malo.

Aidan negó con la cabeza.

—Pero sí inoportuno —el coronel regresó a sentarse a su despacho —. Tendremos visitas en la casa.

— ¿El duque vendrá? —preguntó Claire

—No, pero sí unos amigos que estarán de paso por aquí. Aparentemente son gente de cierta posición y el duque nos pide recibirlas —anunció Aidan con aburrimiento, maldiciendo internamente a su padrino de meterlo en estos aprietos —. Ni siquiera sé que se hace con un huésped.

—Pero yo sí y la regla de la hospitalidad es recibirlos con una buena comida. Puedo diseñar un menú —ofreció ella, con una sonrisa jovial

A Aidan ya no le sorprendía que ella tuviera una solución. Su respuesta de hace un rato, sobre los aparceros, había sido tan clara y firme que había resquebrajado cualquier idea anterior suya.

No sólo eso, cualquier cosa que ella decía se le prestaba prudente y sensato.

—Entonces confiaré en sus ideas —aceptó él

Ella se puso las manos en el delantal y parecía estar haciendo una visualización mental.

—Necesitaré ir al pueblo por ingredientes.

—Lo que necesite, haga una lista y enviaremos a uno de los mellizos que lo traiga mañana.

Pero Claire negó.

—No, mañana ya sería tarde, porque hay alimentos que necesitan ser marinados, y lo mismo los pasteles. Tienen un tiempo de elaboración y cocción —razonó la joven —. Entiendo que los mellizos están ocupados arreglando el coche averiado, así que iré yo misma.

— ¿Es que no puede esperar que ellos estén libres?

—Yo sé de cocina —rebatió la mujer —. Si salgo ahora mismo, podré volver esta misma tarde, soy buena amazona.

Por supuesto que Aidan sabía que ella era una gran amazona, posiblemente la única mujer que conocía que podía cabalgar a la par de un hombre.

—Hasta me daría tiempo de visitar a mi hermana, y traer algunos implementos para la medicina del emplasto.

Aidan ya no pudo negarse, no cuando ella estaba tan animada. Además, aquella excursión le serviría para ver a su hermana. Los caminos eran seguros y ella volvería esa misma tarde.

Maldijo que no estuviera Ramsay para suplirle. De estar presente el administrador, Aidan podría acompañarla.

Claire salió rápidamente a prepararse, una vez obtenido el permiso tan preciado.

.

.

.

Ya había caído el anochecer cuando Aidan y Isaac regresaron a la casa. Pasaron el día reparando las caballerizas y el carruaje averiado.

No esperaban más encontrar a los mellizos ni a la señora Reynolds, pero si la sabrosa cena de Claire.

¿Qué platillo habrá preparado?

Probablemente llovería, así que un plato de sopa estaría muy bien.

Los hombres entraron a la casa, y salió uno de los mellizos a su encuentro.

— ¿Por qué no has ido a tu casa? —preguntó Aidan

—La señorita Allem me dijo que me quedara hasta que ella volviera, así que yo y William, que está encendiendo las chimeneas la seguimos aguardando.

Eso le dio mala espina a Aidan.

¿Cómo es que ella aún no había vuelto?

Miró hacia la calle y la entrada, y nada. Ningún sonido de casco de su caballo.

Aidan se sacó los guantes y entró al corredor.

—No te preocupes, seguro que el encuentro con su hermana se extendió más de la cuenta —expresó Isaac

Wilder se apresuró en traerles un refresco, pero Aidan no prestaba atención.

—Creo que debería ir a buscarla…

—No, recuerda que le diste un permiso. Eres su patrón, no su marido ¿Cómo se verá que no respetes su espacio? —adujo Isaac, cogiendo el tazón fresco que le ofreció el joven mozo —. Por la cena, no te preocupes, que, en la alacena, ella siempre deja tartas de carne seca.

En eso se oyó el sonido de galope de un caballo.

¡Tenía que ser ella!

Aidan dejó su vaso sin terminar y salió a la puerta.

Pero sus ojos se abrieron con todo, cuando notó que en efecto ése era el caballo que Claire utilizó para ir al pueblo, pero venía sin su jinete.

— ¿Qué demonios?

Tras suyo, apareció Isaac.

Para más drama, comenzó a lloviznar, pero a Aidan no le importó y salió a revisar el caballo junto a los otros hombres. La montura estaba puesta e incluso la bolsa de monedas atada a ella.

Pero ni rastro de Claire.

Capítulo 13

Aidan se horrorizó al ver regresar sola a la montura de Claire y además la yegua parecía asustada.

— ¡Preparad los caballos, que salimos ahora mismo! —ordenó, señalando a los otros hombres —. Incluso vosotros —agregó Aidan, mirando a William para que avisara también a su mellizo.

Isaac no discutió, así que corrió junto a William a preparar cuatro caballos.

La yegua de Claire fue llevada al establo, estaba demasiado estresada y para peor cuando los hombres cabalgaron, se suscitó una llovizna más fuerte.

Pero a Aidan no le importaba, tenían que encontrarla, aunque le tomara toda la noche, luego de cruzar el bosque, irían al pueblo, y no dejarían de escudriñar ningún sitio.

Incluso rogaba que estuviera tomando té en casa de ese médico, que no lo causaba ninguna gracia a Aidan, pero prefería eso que estuviese perdida.

Al llegar al bosque, los cuatro se separaron, todos llamando a Claire.

— ¡Señorita Allem!

Pero sólo el gutural sonido del silencio del bosque mezclado con la sempiterna de la lluvia, que, para peor, empezó a caer con más fuerza conforme avanzaba el grupo.

Isaac y Aidan, haciendo uso de su capacidad de rastrear, se dispersaron en el bosque. William fue a casa de los Allem y Wilder al pueblo a preguntar al tendero, donde Claire debió haber ido y también al médico, por si la joven estaba allí.

Pero Aidan tenía un mal presentimiento y su estado de ánimo se atormentaba. Finalmente, su capacidad de rastrillaje dio fruto cuando dio con las huellas de la que probablemente fue la yegua de Claire, ya casi borrada por las gotas de agua.

Aidan se acercó despacio, hasta que el horror se apoderó de él.

Un cuerpo estaba arrojado en medio del barro. Él se apresuró en bajar y revisar.

Apenas sorteó la oscuridad, para su pánico, reconoció a Claire.

— ¡Oh dios mío!

Estaba viva, pero inconsciente, y totalmente empapada. Mantuvo su autocontrol, cargándola sobre el caballo y sacó su pistola para arrojar una bala al aire. La señal para que Isaac entendiera que Claire ya pudo ser hallada y que debían reunirse.

El coronel acomodó su preciosa carga, y galopó a toda prisa hacia Goldfield. En la salida del bosque, ya lo esperaba Isaac.

En ese momento también apareció William, que regresaba de la casa de los Allem.

—Fue un desastre, ya que los señores Allem insistieron en venir a ayudar —informó el joven mozo al ver que el coronel cargaba a la joven cocinera.

— ¡Ve y busca al médico! Aunque sea a rastras lo vas a traer —le ordenó Aidan, antes de emprender la marcha a la casa.

Debían resguardar a Claire a como diera lugar.

.

.

.

El cuerpo inerte de la joven fue puesto en la cama de invitados de Goldfield, ya seca y aseada. Gentileza de la señora Allem y Lydia, quienes llegaron a la finca, asustadas luego de que los mellizos pasaron a buscar a Claire.

Además, también vinieron el señor Allem, la señora Reynolds y el médico que fue traído casi de los pelos por William.

Los Allem ya estaban en la puerta de Goldfield cuando el grupo de Aidan llegó. Era claro que no la dejarían, porque Claire era de los suyos.

Claire tenía un severo enfriamiento y un golpe en la cabeza, un traumatismo que se dio al caer de la yegua.

Las causas de la caída, sólo sabrían cuando ella misma despertare.

Pero no daba señales de ello. Andrew le administró los mejores medicamentos que conocía según el diagnóstico.

Un tratamiento a base de quinina y propolio para bajar la fiebre, para ayudarla a despertar de la inconciencia.

Pero la muchacha no daba muestras de mejorar.

—Debe haber otro tratamiento —insistió Aidan

—Me temo, coronel, que la quinina y el propolio para la fiebre es lo único que puedo ordenarle —dictaminó Andrew —. Además, ella necesitará que se los administre cada dos horas, así que necesitará alguien que pase la noche en vela para dárselos y claro, cuidarle el vendaje de la cabeza.

Lydia, quien junto a su madre estaban sentadas al costado de la cama de la enferma, se levantó junto a Andrew.

—Yo cuidaré de ella

—No —la voz potente de Aidan sorprendió a los presentes —. Yo me quedaré con ella, es mi responsabilidad el haberle permitido esa tonta aventura. Me corresponde a mí el quedarme, además en la guerra, nosotros mismos debíamos aplicarnos medicinas así que sé de qué trata.

En todo caso Aidan no tenía derecho ni obligación. No era el marido ni el amigo de la herida, tan sólo el patrón, pero con tamaña determinación demostrada ¿Cómo luchar?

La señora Allem acabó tomando el brazo de Lydia, para que cediera, porque el coronel estaba decidido.

—Se hará como dice —agregó la señora Allem

El médico le enseñó a Aidan las medidas. Y era claro que, si

Claire pasaba la noche, sobreviviría, ya que aquella medicina combatiría la fiebre desde adentro.

En eso, Lydia y su madre salieron al pasillo para unirse al señor Allem, que esperaba preocupado.

Dentro quedaron el coronel, Isaac y el doctor Andrew escribiendo la prescripción.

El sargento Mills era un hombre sensato, así que aprovechó que el médico estaba concentrado escribiendo en el pequeño escritorio, para acercarse al coronel.

—Esto quizá no sea bien visto. No puedes quedarte con la muchacha a solas, deja que lo haga su familia —le dijo en voz baja y luego añadió —. Quizá tu tengas reservas sobre su reputación…

—Estaba equivocado —lo interrumpió Aidan, cansado y afligido —. Ella no se merece que nadie la juzgue, y menos yo.

Isaac ya no pudo replicarle nada más y más al ver el estado de su amigo.

—Tengo que hacerlo yo, porque todo es culpa mía —agregó el joven coronel, antes de volverse al médico que le entregó lo necesario para medicar a Claire.

Los Allem no se marcharon, quedaron en vela, junto a los mellizos y la señora Reynolds que quedaron en el comedor del área de servicio.

Las horas pasaban y el asunto era aún más desesperante. La joven había pasado en la intemperie varias horas, sufrió el embate de las lluvias y el enfriamiento producía una fiebre que no le bajaba.

Pero pese a todo, Aidan permaneció en el sillón a su lado, firme, sin permitir que nadie más interviniese. No confiaba en nada más que sus manos para asegurarse que ella recibiera la medicina. Permanecía atento a cualquier movimiento.

Además de la desesperación, le podía la culpa y el remordimiento.

Si él no hubiera echado a todo el resto del personal de la casa, Claire no se habría visto en la necesidad de aventurarse y tener aquel accidente. Es que sólo él podía ser tan imbécil y avaro, por ahorrar unas míseras monedas, y de paso arruinar el modo de vida de esas personas.

Era claro que el cielo le estaba castigando.

Casi las cuatro de la madrugada, el pesar ya no pudo con él, y se acercó a la enferma.

Le cogió la mano, que hervía en calentura.

—Solo pido que despiertes…—susurró tuteándola —. Si lo haces, te prometo que reconstruiré la escuela y volveré a recontratar a toda esa gente. Incluso dejaré a esos arrendatarios que hice echar…no te vayas, no me cargues el arrepentimiento…

Si tenía que rogarle al cielo, lo haría. ¿Cómo es que de nuevo la vida le arrebataba lo único bueno que tenía su vida?

Primero le quitó a su mejor amigo y ahora pretendía quitarle a ella.

¿Y que era ella?

Aidan no tenía más que rendirse a la evidencia. Estaba haciendo un espectáculo frente a todos con esta actuación, comprometiendo el honor de la joven, pero no quería ni podía dejarla. Y no entendía el motivo.

Sólo es que sabía que, si era posible, él daría su vida por ella.

Una mujer inocente y buena como Claire no tenía que pagar la de pecadores como él.

Volvió a apretar la mano inerte de Claire y en un acto reflejo inevitable, al ver los labios de ella, acercó su boca a la suya por unos cortos segundos, pero suficientes para detectar su sabor y calor.

Se alejó enseguida ¿Por qué estaba haciendo eso?

En eso golpearon la puerta y dio el permiso.

Era Isaac, que traía café en las manos.

—Están todos en la cocina, incluso el señor Murtag que acaba de llegar del viaje y se ha encontrado con este desastre.

—Ese hombre no merece cargar con nuestros problemas, acaba de llegar, así que mándalo a descansar —ordenó Aidan —. Pero antes dile algo.

— ¿Qué cosa?

—Que mañana vuelva a recontratar a todo el personal despedido desde mi llegada, y que renueve contrato con todos los antiguos aparceros. Que los que llegaron a irse, que mande mensajeros con mi oferta renovada.

Isaac se quedó de una pieza.

—Debe ser una broma ¿verdad?

—Ninguna broma.

Isaac no se iba a poner a discutir lo que siempre le pareció una injusticia, así que luego de dejar la taza de café en manos de su amigo, se marchó a cumplir la última orden del coronel.

Aidan cerró la puerta, dejó la taza humeante en cualquier parte y regresó al lugar cerca de la cama donde estaba ella.

.

.

.

Lydia estaba en el porche trasero, derramando lagrimas silenciosas por Claire. Ella era su hermana en todo menos en la sangre. Así como su otra familia la abandonó, ella ni sus padres no la dejarían nunca a su suerte.

Aún seguía lloviendo y Lydia tenía ganas de arrojarse afuera, empaparse y pedirle al cielo por su querida hermana.

En ese momento, algo caliente le cubrió los hombros, haciendo que Lydia girara de sorpresa.

Se topó directamente con Ramsay Murtag, quien le había puesto su propio abrigo encima.

Ese hombre de nuevo.

Lydia se apresuró en quitarse el abrigo y se lo arrojó.

—Creo que nunca entenderá que no quiero nada de usted ¿Cuándo me dejará en paz?

Lydia se sentía envalentonada, porque estaba en casa del coronel, y además su reciente trabajo con cercanía al médico le daba un cierto tinte de seguridad.

— ¿Por qué no puede aceptarme? —la voz de Ramsay emergió

—Porque amo a alguien más y pronto me casaré con él —mintió Lydia —. Así que le sugiero que cese con sus avances o de lo contrario se lo contaré a mi prometido.

— ¿Quién es ese hombre? ¿lo conozco? —Ramsay parecía afectado, pero se recobró.

Lydia decidió ahondar en su farsa,

Si servía para alejar a este molesto sujeto.

—Es el doctor Andrew Glenn y cuando nos casemos, nos iremos a Escocia ¿Qué le parece?

Pero Ramsay no respondió, pero se quedó viendo a Lydia, como si quisiera beberse su cara.

—Yo también soy escocés.

—Pero es uno que no quiero —amenazó Lydia

—Es que no me conoce

— ¡Ni quiero hacerlo! —exclamó Lydia.

Ramsay se acercó un poco más y parecía que iba a decir algo.

— ¿Está todo bien? —interrumpió Isaac

Ramsay se acomodó el sombrero.

—Nada, que ya me retiraba.

El hombre se marchó enseguida. Ya poco antes el sargento Mills le había dado sus nuevas órdenes y no tenía nada que hacer allí.

Lydia, cruzada de brazos, observó marcharse al sujeto. Siempre le había parecido siniestro, pero la reciente cercanía le dio cuenta de que ese hombre quizá era algo más. Tenía un aspecto hasta humano.

Igual Lydia no tenía deseos de indagar más en ese sujeto tan reservado.

—Creo que debería entrar al comedor con sus padres, señorita Allem. Aquí refresca o si gusta le proporcionamos una habitación para descansar —ofreció Isaac, sacándola de sus particulares pensamientos.

Lydia meneó la cabeza.

—No podría descansar con mi hermana en ese estado.

El sargento Mills se compadecía de la situación.

—Entonces venga a tomar té con nosotros.

Lydia aceptó. Era mejor entrar y así quitar cualquier posibilidad de reencontrarse con Ramsay.

.

.

Le dolía la cabeza y la sensación de cansancio era agotadora. Además, sentía sus ropas mojadas. Estaba empapada, era claro. Quizá por el sudor de la fiebre, porque algo había percibido en su letargo. Por la ligera luz que percibía tras sus retinas cerradas, era evidente que el sol ya había salido.

Recordaba su propio accidente y las imágenes se agolpaban en su mente.

Sin abrir los ojos, quiso llevar una mano sobre su cabeza, cuando notó que su derecha estaba fuertemente sostenida.

Abrió los ojos y se encontró con el coronel Hamilton, que dormitaba con la cabeza sobre la cama y el cuerpo arrodillado, pero que no soltaba su mano.

Dormía y Claire sabía que, si movía sus dedos, él despertaría, así que quedó quieta unos segundos, admirando con ternura a aquel hombre que no aflojaba su agarre, como si temiera que se perdiera.

Claire derramó una lagrima conmovida y llevó su mano izquierda para acariciar aquel punto de unión de su otra mano.

Él despertó repentinamente, como resorte al notar aquel movimiento.

—Despertaste…—murmuró él

Ella iba a decir algo más, pero la puerta se abrió, con Lydia y su madre que entraban.

Al verlas, el coronel y Claire soltaron sus manos.

Lydia pegó un grito de felicidad al ver despierta a Claire y la señora Allem se acercó feliz a su hija adoptiva.

Aidan se hizo a un lado, dejándolas pasar. Es lo menos que debía hacer, ya que ya les había robado mucho tiempo.

Decidió salir y avisar al resto, que no habían descansado por la noche entera, de las buenas noticias, y antes de partir, compartió un significativo cruce de miradas con Claire.

Capítulo 14

Aidan hubiera querido permanecer en la casa, pero tenía que trabajo que cumplir. Y cuando regresó tarde por la noche, descubrió que ella ya había vuelto a la buhardilla.

Además, la mansión hervía de actividad, ya que Ramsay, siguiendo la orden del coronel, volvió a rehabilitar las habitaciones de servicio que estaban clausuradas, para el personal activo, y para los que fueron recontratados. Así fue como los mellizos y la señora Reynolds regresaron a vivir a la mansión, lo cual implicaba un alivio, ya que el gasto de pensión que tenían era muy alto.

A ellos se le fueron sumando más criados, los mismos que semanas antes fueron despedidos.

Ramsay no estaba de acuerdo, su frugalidad escocesa le impedía ver aquellos actos altruistas como detonantes de mejoría.

Esa primera noche, Aidan sintió la diferencia con la cena. La comida, preparada por la ayudante de cocina recontratada no era mala, pero no tenía el toque mágico de Claire.

Antes de irse a descansar quiso pasar a verla, pero la buhardilla estaba atestada de sus compañeros de trabajo, felices de que Claire se hubiere recobrado y que no hubiera pescado alguna neumonía.

Observó la puerta de ella varios segundos, y se marchó enseguida cuando oyó pasos que se acercaban.

.

.

.

Claire tuvo tiempo de descansar. Su familia estuvo con ella por la mañana, antes de regresar a la granja. Estaban agotados luego de haber pasado la noche en vela.

Con la fiebre remitida, la muchacha sólo tenía la molestia por el golpe en la cabeza y el agotamiento propio de haber salido de un enfriamiento severo.

Tuvo mucha compañía con la señora Reynolds, los mellizos que pasaron a bromearle un momento y también varias caras nuevas que la señora Reynolds le presentó.

Pero Aidan no vino.

Y era su presencia, la que ella hubiera querido ver, porque lo había sentido en los sueños de la fiebre.

Por los relatos de Lydia sabía que él se había encargado de su cuidado, pero también le informó que él dijo que lo hacía porque se sentía muy culpable por lo ocurrido y que era su forma de curar su culpa.

La joven se tocaba los labios. Estaba segura que en medio del fulgor de las altas temperaturas en la cual estaba sucumbida, sintió la boca de Aidan sobre la suya.

¿Por qué tenía estos estos sueños tan inconvenientes?

No prestaba atención al bullicio de su habitación.

Ella sólo podía pensar en el coronel Hamilton y en absoluto le culpaba de su accidente.

Sino de la propia naturaleza, ya que una serpiente le salió al paso, y su pobre yegua se asustó, ocasionado que Claire se cayera. Luego ya no recordaba nada.

Nadie tenía la culpa. ¿Quién podía prever que un reptil paseara por el bosque?

También temía que, con esta muestra, el coronel se cansara de ella y que acabara quitándole el trabajo. Volvió a mirar a la puerta.

Pero él no aparecía.

.

.

.

Al igual que ella, Aidan apenas concilió el sueño, y por la mañana siguiente, muy temprano ya no pudo con sus impulsos y cogió camino a la buhardilla.

Pero lo único con lo que se encontró fue con Anne, una de las nuevas sirvientas a quien se le devolvió el empleo.

Esta se apresuró en hacer una reverencia a su patrón.

—Coronel.

— ¿Qué hace aquí' —preguntó Aidan

—La señora Reynolds me dijo que hoy me tocaba a mí la limpieza de esta área —reveló la joven, muy asustada, ya que el coronel la atemorizaba y más cuando sólo hace horas pudo recuperar el trabajo.

— ¿Y la señorita Allem?

—Retomó su labor y está organizando el almuerzo, señor —respondió Anne, sorprendida del interés de su señor.

Aidan ya no siguió indagando y salió rápidamente de allí, a buscar a esa descuidada de la cocina. Sólo hace dos noches, languidecía de enfriamiento y fiebre. Ahora se prestaba a volver a trabajar.

Al llegar cerca de la columna, oyó la voz suave de Claire, ordenando a las otras jóvenes.

—Limpia los pichones y saca una medida de harina para el pan. No olvidéis fregar el cazo de la sopa, que debemos tener listo el almuerzo a hora…

Aidan se quedó mirándola, desde las sombras, como ella con toda naturalidad y calma daba las órdenes. Y se la veía bien, como si agradeciera tener una tarea.

Hubiera preferido pasar desapercibido, pero justo una de aquellas niñatas de la cocina lo vio y se apresuró en saludarlo, para que todas lo oyeran.

—Mi señor

Claire giró al oír eso y junto a sus compañeras, repitió el saludo.

Aidan no miraba a las demás, tan sólo a ella. Como si todos los demás hubieran desaparecido.

Estaba tan agradecido que sus plegarias hubieran sido oídas y que Claire estuviera a salvo. Se la veía feliz en la cocina y de sentirse útil. No le quitaría eso.

—Habéis regresado pronto a las labores —dijo el coronel

—No olvido que además de las faenas diarias, aún hay pendiente las visitas que mencionó el señor duque —adujo ella

El rostro de Aidan se contrajo.

— ¡Maldición, lo había olvidado! —aunque luego recompuso su cara, para que su exabrupto no asustara a las mozas de la cocina

Si no estaba equivocado, la visita llagaría al día siguiente y él tan tranquilo, sin idea de nada. De no ser por la propia Claire, él no estaría enterado.

—En efecto, por un descuido olvidé informar que las dos amigas del duque llegaran mañana a Goldfield ¿puedo pediros que aviséis al personal para que organicen habitaciones y todo eso?

Claire asintió con la cabeza, con una sonrisa.

—No se preocupe, déjelo a mi cargo.

Si las miradas hablaran, podrían vislumbrar desde anhelo hasta ternura.

Aidan quería decirle más cosas, pero la presencia de las otras mozas se lo impedía, así que se volvió para su despacho a preparar el trabajo del día.

Ramsay Murtag había traído muchos informes y estaban muy atrasados.

Estaban trabajando bastante para acomodar los contratos de aparcería, y sobre todo establecer claras reglas de arriendo.

Los granjeros debían adecuarse a los nuevos sistemas de cultivos para poder suscribirlo. Era avanzar o quedarse en lo antiguo.

Isaac estaba muy orgulloso del trabajo logrado por su amigo. Y los cambios tan patentes en él y era claro que la causal tenía nombre y apellido.

Estaba menos irritable y se portaba incluso amable. Y hasta había dejado la costumbre aquella de cortar troncos y disparar a mansalva, cuando estaba nervioso.

A eso se le sumaba que su pierna había dado un avance interesante y ya no sentía dolor, aunque desde que Claire tuviera el accidente no se había puesto la pomada.

¿Cómo tanto podía cambiar en tan poco tiempo?

Aunque Isaac sospechaba que todo esto tenía un telón de fondo aún más profundo.

.

.

.

Lydia canturreaba feliz, mientras acomodaba algunos frascos

de la farmacia.

Estaba muy contenta.

Con la última amenaza hecha al señor Murtag, parecía que podría pensar que ya era capaz de quitárselo de encima y que no volvería a molestarla.

—Señorita Allem ¿podría venir un momento? —la voz del doctor Andrew en el despacho la quitó de su ensoñación.

La joven se apresuró en acomodar su delantal y fue pronto a reunirse con el joven, que escribía unas notas.

—Me ha salido una oportunidad de viaje, señorita Allem

Lydia no supo que decir.

— ¿Quiere que mantenga la clínica abierta en su ausencia?

Andrew meneó la cabeza.

—No, lo que quiero es que me acompañe.

A Lydia la tomó de sorpresa aquella noticia. Él seguía escribiendo como si nada.

— ¿Acompañarlo?

Él asintió y continuó con su trabajo, mientras ella estaba estática, procesando la información.

—Sé que es mucha información, así que le daré un par de semanas para que lo piense. Voy a regresar a Edimburgo y espero contar con su ayuda.

Lydia se quedó de una pieza.

Acababa de recibir una oferta ¿de trabajo?

Como el médico ya no la miró, Lydia salió al corredor, aún sin comprender el todo, el extraño pedido de su jefe.

Ella no podía irse así nada más, con un hombre soltero. Ella era una señorita, pese a su origen humilde, nunca sería bien visto que ella se marchara a otras tierras, lejos de su familia.

A menos que el doctor Andrew, a su estilo parco, lo que hizo fue proponerle matrimonio.

¿Era eso?

Por otro lado, no le disgustaba la idea del todo, ya que estando lejos, nunca más estaría al alcance de ese Ramsay Murtag.

La joven regresó a sus labores, teniendo mucho que pensar.

.

.

.

Aidan maldecía que, con la cantidad de personal que revoloteaba por la casa preparando la llegada de las visitas, no era posible encontrar a Claire a solas. Deseaba cruzar unas palabras con ella.

Por el otro, tampoco se atrevía a llamarla a solas en el despacho ni ir a su buhardilla.

Ya suficiente motivo de cotilla había dado al cuidarla toda una noche. Aidan deseaba proteger la honra y reputación de Claire, y para evitar habladurías innecesarias.

Así que, de forma discreta y furtiva, la interceptó cuando la joven dirigía a las nuevas en la decoración de comedor.

Aidan no hubiera querido que trabajara tan pronto luego de su accidente, pero hacer aquello animaba a Claire y ayudaba en su recuperación total. Además, ahora tenía muchas ayudantes.

Cuando ella pasó por su lado, la cogió del brazo y la llevó a la bodega.

Ella se sonrojó al notar el contacto y la sensación de esa mano en su brazo.

— ¿Coronel?

—Hay mucho personal nuevo, por favor, no se esfuerce tanto y delegue.

Ella asintió, pero no entendía que sólo por aquello, él la hubiera detenido de ese modo.

Él se dio cuenta y la soltó.

—Perdone, no quería incomodarla —pidió él —. Agradezco todo lo que hace por las visitas…y también quería decirle que una vez que estas se vayan, tenemos que hablar ¿se dará el tiempo para hacerlo?

Claire sonrió.

—Si…téngalo por hecho. Una vez que Goldfield se libere, habrá tiempo para aquella conversación.

Dicho eso, Aidan le dirigió una sonrisa cálida y salió satisfecho. Lo hizo primero para que no los vieran salir juntos.

—Debo volver al campo — fue lo último que dijo antes de marcharse a toda prisa.

Claire le observó irse.

Era un hombre de talante impresionante y llamativo.

A ella no le importó que él no tuviera modales. A decir verdad, ella también deseaba agradecerle todo lo que había hecho por ella. Quería, a su vez, reconocerle aquellos magníficos cambios logrados en la finca y con las personas que dependían de ella.

Que hubiera devuelto su empleo a todos lo que quedaron cesantes o que devolviera sus granjas a los aparceros desalojados.

Ella misma ya no se sentía una prisionera haciendo este trabajo a cambio de la dádiva de mantener el contrato de los Allem.

Se prometió a sí misma, que una vez liberada de los visitantes, ocuparía las tardes en elaborar un nuevo emplasto con una formula mejorada que había leído días antes de su accidente.

Mucho antes de aquella desafortunada caída, que no compartían aquel particular momento de aplicación de esa pomada, ya que el coronel insistía en que el dolor había mermado considerablemente.

Claire miró sus manos, mismas que habían tocado aquella porción caliente de piel. Lo había masajeado y tocado. Cerró sus ojos, evocando el momento, sus labios se entreabrieron.

— ¡Señorita Allem, llegó el tendero con el pedido! —la voz chillona de una de sus nuevas ayudantes de cocina la quitó de su inapropiada ensoñación.

Claire se apresuró en acomodarse y salir de la bodega.

—Señorita Allem, tiene el rostro sonrojado ¿no estará resfriada?

—No digáis tonterías —refunfuñó, como un método para que nadie se percatara de los nervios a flor de piel, a causa de sus remembranzas inconvenientes —. Venid todas conmigo a recibir el pedido, que debemos seleccionar sólo lo mejor.

Las muchachas, canturreando, se marcharon a tropel rumbo a la cocina, lideradas por Claire

.

.

.

Esa mañana de setiembre, y tal como dictaba la impecable puntualidad que tenían los londinenses, el carruaje con emblemas de la casa del duque de Wellington, que estaba abarrotado de baúles, además de las mujeres que iban de pasajeras.

El coche, fue una gentileza del duque para con ambas damas.

Llamaron la atención en todos los pueblos que pasaron.

Lady Edith Carrington, baronesa de Elliot por matrimonio y su hermana soltera, la señorita Amelie Dougal. Dos de las damas más bellas y refinadas de Londres.

Lady Elliot se había casado hace menos de seis meses con el recientemente nombrado Barón, quien obtuvo su título como recompensa por su actuación en la batalla de Waterloo. Todo a instancias del duque de Wellington, quien apreciaba al teniente

Carrington

Una vez obtenido su título, enseguida encontró esposa, la hermosa Edith Dougal.

Y siguiendo el plan de matrimonios ventajosos, lady Elliot estaba dispuesta a lo que sea con tal de ubicar a su ambiciosa hermana Amelie en otra buena unión, que tuviera sólidos vínculos con el gran duque de Wellington.

—No creo poder acostumbrarme a este clima deprimente —refirió la más joven, una dama de menos de veinticinco años, de una belleza felina por sus cabellos oscuros y los ojos violetas

—Lo tendrás que hacer, querida. El coronel Hamilton es el ahijado del duque de Wellington y ama vivir en este basurero, y es un hombre muy rico, con una fortuna que no termina de crecer —refirió la no menos preciosa Lady Elliot, quien a diferencia de su hermana menor era rubia, muy alta y esbelta. Sus ojos claros eran maravillosos.

—Es que esto está lejísimos de Londres, de los mejores bailes, de las tiendas, de la gente que conozco —se quejó Amelie

—Pues queda en ti, el convencerlo de salir de este pueblo perdido. Tu primer objetivo es conquistarlo. Debemos terminar esta visita, con él comiendo de tu mano, lo cual no será difícil con tu belleza. Serás la señora Hamilton y ahijada política del gran duque, eso ya puedo verlo —rió Edith

Finalmente, pasando el camino del pueblo de Lingfield y del espeso bosque, se vislumbró finalmente la gran mansión Goldfield.

Amelie, quien observaba por la ventanilla, sonrió al ver la fachada del lugar.

Campestre pero impresionante.

Desde su distancia, pudo vislumbrar la fila de criados que esperaban respetuosamente su desembarco, y en la punta a un hombre notoriamente alto. Muy apuesto y llamativo.

Edith sonrió maquiavélicamente.

—Ese hombre tan cautivante es el coronel —le señaló

Amelie tuvo que cerrar la boca, que se le había abierto de la tamaña impresión.

Un brillo infernal se incrustó en sus hermosos ojos.

Seducir al coronel no sería nada difícil.

Un lacayo corrió a abrirles la puertilla, y el mismo hombre que Edith etiquetó como al objetivo, se acercó luego para recibirlas con una reverencia.

Fue allí que Amelie pudo apreciarle, extasiada.

Y tuvo más que claro que ese hombre debía ser suyo.

Capítulo 15

Amelie Dougal fue educada desde niña, para saber explotar su mejor potencial: su belleza.

Hija de un rico comerciante de telas de Londres, siempre pesó por su espalda, el hecho de ser una burguesa y que los aristócratas la miraran con cierto desprecio por sus orígenes.

Edith, su hermana mayor, era aún más bella y supo esperar para sacar partido. Se comprometió con el nuevo barón de Elliot, quien antes de eso, era un soldado que peleó por años en la coalición anti napoleónica. Como recompensa por sus servicios, y a instancias del gran duque de Wellington obtuvo aquel título.

Edith fue rápida en cazarlo y de ser una burguesa con aires, ahora era lady Carrington, baronesa de Elliot.

Y Amelie también debía casarse con alguien de buenas conexiones.

El deseo de estas mujeres coincidió con una correspondencia que el sargento Mills envió al duque hace unas semanas, donde le informaba que Aidan estaba más irritable que nunca y que su carácter había empeorado. La conclusión que sacaron fue que el coronel necesitaba una mujer que lo aplacase. Que necesitaba una esposa.

Fue allí que surgió la conjura. El duque, preocupado por su

ahijado, decidió hurgar en las damas más bonitas del círculo, porque conocía su exigente gusto. Fue allí que dio con la hermana soltera del barón de Elliot, su camarada y gran persona.

Prepararon una visita, donde también estaba incluido el duque, que tuvo que cancelar a último momento, pero eso no era impedimento para que las damas viajasen a Lingfield.

El duque estaba muy satisfecho con su gestión. La dama Amelie era una deliciosa belleza, dueña de modales impecables y de carácter alegre. Aidan tendría que ser ciego para no admirarla.

Así fue que se fraguó aquel plan para que Aidan se encontrara con la joven Amelie.

Isaac debía ayudar estando allá.

Aunque éste último debía reconocer que se habían suscitado varios cambios desde la vez que enviara la carta al duque.

Aunque sospechaba que algo tenía que ver la cocinera de la casa, Isaac no lo creía como un interés muy profundo. Pero era mejor que Aidan se casara antes de crear habladurías sobre la señorita Allem. Si no la quería para nada serio, Isaac no quería que él la dañase.

Así que creía estar haciendo un bien para todos.

.

.

.

Claire preparaba unos bizcochos con una hermosa decoración. Serían perfectas para servirlas con té a las visitas y que tuvieran una buena impresión de la hospitalidad de Goldfield.

—Si la hubiera visto, señorita Allem, ambas damas eran tan hermosas —describió Anne, emocionada, mientras lavaba unos cazos

Claire sonreía al oír la charla de sus compañeras que habían recibido a las mujeres.

Ella no había subido, ya que por tener aún la venda y estar en proceso de recuperación, no era necesario que estuviera. Le era muy entretenido oír las descripciones de las muchachas y lo felices que se veían de atender damas en la casa.

En eso, vino William y dejó una bolsa de patatas sobre el mesón.

—Esto lo envía el señor Anders, el tendero —anunció —. Señorita Allem, creo que acabo de ver a su hermana que venía para acá.

Claire se emocionó y se dispuso a limpiarse las manos.

—Muchachas, las bandejas ya están listas. Llevadlas arriba con sumo cuidado, y que se vea el detalle de las flores junto a la tetera.

Anne y la otra joven se apresuraron en coger las bandejas humeantes de delicias artesanales con cazos llenos de té y café recién hecho.

—Yo estaré un momento con mi hermana, pero sabéis que

cualquier urgencia que os pidan arriba, yo tengo de reserva algunos postres de nuez en la alacena.

Las jóvenes asintieron con gusto, encantadas de trabajar con alguien como Claire, tan previsora y que además cocinaba sabroso.

.

.

.

En el salón, el ambiente era agradable.

El sargento Mills era alguien muy amable, y aunque el coronel Hamilton parecía huraño, se portaba cortés.

Afortunadamente Amelie ya iba preparada para este tipo de situaciones y además recibía la ayuda de Edith.

El sargento Mills llevaba la voz cantante de la conversación, procurando traer a colación cualquier tema que iba desde bailes hasta la última moda en Londres. Temas triviales, pero suficientes para crear conversación, y que Aidan conociera a sus huéspedes.

Cuando vino el servicio con las pastas dulces, Amelie cambió su rostro. No recordaba haber probado algo tan sabroso ni en el mejor salón de té de Londres.

Mientras Aidan bebía su café, y siguiendo su plan, Amelie se puso de pie y caminó por el salón, ya que sabía que su figura era llamativa. Era imposible que el coronel no la mirara.

Habló de la temporada de ópera y que le encantaría asistir.

Edith agregó que ella y su marido habían asistido a todas las funciones.

Cuando pasó por el lado del ventanal, donde Isaac estaba mirando, Amelie percibió a dos mujeres que venían caminando.

Sus ojos se ensancharon cuando reconoció a una. Podría haber pasado una década, pero Amelie era perfectamente capaz de reconocer a una de las participes del escándalo social de aquella época.

¿Podría ser que esa mujer del delantal era Claire Herbert?

La señorita Herbert había sido compañera suya en el colegio de señoritas, y ambas muchachas rivalizaban en belleza y popularidad.

Amelie era hija de un comerciante acaudalado. Claire era sobrina de un barón, aunque su padre fuera un simple ministro de la iglesia.

Lo cual no le quitaba que fuera temeraria y engreída.

Amelie la detestaba, hasta que afortunadamente desapareció de escena, luego de protagonizar el escándalo de su intento de fuga con un hombre.

Se decía que su familia se deshizo de ella, para salvar el nombre de la familia, y que al menos la otra pobre muchacha que quedaba, hija natural del barón, pudiese salvarse.

A medida que se acercaba a la casa, tenía menos dudas, pero prefería cerciorarse.

— ¿Quiénes son esas muchachas tan bonitas? —preguntó al sargento Mills

—Es la señorita Claire Allem, cocinera de Goldfield, pero también es enfermera y maestra. Un pequeño ángel —refirió Mills, con admiración señalando a una —. La otra es la señorita Lydia Allem, u angelical persona, enfermera del puesto local.

A Amelie ya no le quepo duda de que era la misma Claire de antes con apellidos cambiados.

Aquella información valía oro. Decidió guárdasela, para usarla en el momento más indicado.

Volvió al grupo, muy animada.

Su naturaleza alevosa y su rabia natural contra cualquiera que tuviera sangre aristócrata la convertían fácilmente en una villana de cuidado.

Se sentó con parsimonia.

—Coronel ¿Cuándo piensa en deleitarnos con su presencia en Londres?, mi cuñado, el barón tiene planes de hacer una recepción en dos semanas. Por supuesto, usted estás más que invitado.

El hombre, al verse sorprendido con la repentina pregunta no tuvo como zafarse.

—Espero ir, luego de la cosecha y acabado algunos negocios.

Amelie sacó su hermoso abanico importado de Andalucía, regalo de su padre y comenzó a soplarse sensualmente con ella.

—He visto a padre, años con negocios y creo que jamás terminaré de acostumbrarme a ellas.

—Tendrá que hacerlo, señorita Dougal. No será sólo su padre, en algún momento su futuro marido también estará abocado a los negocios. Es lo que los hombres hacen, proveer a su familia —refirió Aidan

Ciertamente el comentario del coronel era grosero, porque nadie hacía esos comentarios tan abiertamente, pero Amelie lo entendió como un desafío, así que desplegó una sonrisa irresistible, que encandiló incluso al sargento Mills. Amelie era bella como un pecado y no temía ir para adelante.

—Luego de té, vuestras habitaciones os esperan. Supongo que querréis descansar luego del viaje. He ordenado una buena cena para agasajaros —informó el coronel, con la mirada pegada a Amelie, como si la estudiara.

—Me encantan las sorpresas —replicó Amelie, sin dejar de responder la examinación de aquel hombre.

.

.

.

La cena fue un diseño de Claire a base de faisán asado, sopa de crema, estofado de cerdo con deliciosas guarniciones caramelizadas: coles de Bruselas, zanahorias y papas.

De postre, un pudin Yorkshire.

Claire hizo bastante cantidad. Segura que sobraría para convidar mañana a sus tres ex alumnos, ahora convertidos en sus comensales.

Las muchachas de la cocina ayudaron a preparar todo, bajo la estricta vigilancia de Claire, de que tanto el sabor como la presentación de los platos quedaran perfectos.

Cuando estaban terminando, Anne bajó cansada y se arrojó al sillón.

—Debes estar presta, Anne, para el servicio de cena —observó la señora Reynolds, quien ayudaba en las tareas.

—Estoy algo agotada, es que luego de que las damas despertaran de su siesta, he pasado la tarde intentando peinar y vestir a las invitadas. Nada les gustaba.

—Me hubieras llamado a mí, algo sé del trabajo de una doncella —observó la señora Reynolds

—Las peiné tal cual vi en ese manual de peluquería que me prestó la señora Pettise, la costurera francesa y los deshacían. Les molestaba también el modo que tenía de ajustarles el corsé…—Anne estaba desanimada, como si se hubiera desilusionado a causa de la grosería de las visitas —. Incluso, Lady Carrington amenazó con hacerme echar de aquí en cuando tomen la propiedad.

— ¿Tomar la propiedad? —Claire dejó lo que estaba haciendo, extrañada de oír eso

—Es obvio que la señorita viene para arreglar su boda con el coronel ¿Por qué otra razón vendría una dama soltera hermosa a casa de un hombre soltero?

Claire nunca lo había visto así, pero ahora que escuchaba la posibilidad tan claramente, ya no se figuraba algo lejano. De hecho, tenía bastante lógica.

Se le cayó el cucharón de las manos.

— ¿Se encuentra bien, señorita Allem?

Claire fingió recuperarse.

—Creo que pasar todo el día en la cocina, me ha pasado factura hoy

—Enseguida tocaremos la campana para cena, además del coronel, estará el sargento Mills y el administrador Murtag, y claro las visitantes. No te preocupes por nada, Claire, que haremos nuestro trabajo bien —esta vez fue la señora Reynolds quien se acercó a animar a la cocinera.

La mujer creía el cuento del cansancio laboral.

Lo cierto es que Claire había sufrido un impacto con la realidad. Y no tenía derecho a sentirse así ¿Por qué ser mezquina por alguien que estaba fuera de su alcance?

Y que, además, conoció de primera mano lo veleidosa que fue en su juventud.

La mujer se sentó y no oía como sus compañeras se afanaban en llevar las cuidadas bandejas arriba. No escuchó como le daban ánimos o felicitaban.

La mente de Claire estaba en blanco.

Es que el saber que él podría casarse, de un momento a otro, le producía una desazón que la debilitaba. ¿Por qué sentía que la invisible ilusión que albergaba su corazón se mimetizaba con la nada misma?

Una lagrima solitaria se soltó de ella, antes de que su consciencia pudiera frenar su aparición. Es que no era tan fuerte como aparentaba.

Eso sí, se apresuró en limpiársela, para que nadie viera que estaba llorando.

.

.

.

El servicio de cena transcurrió impecable gracias al esfuerzo de los lacayos en servir correctamente los platos que les pasaban las muchachas desde la otra punta, ya que era parte de la etiqueta que los sirvientes varones realizaran este trabajo. A Aidan generalmente no le interesaban esas reglas, pero como tenían a sus visitantes, se procuraba cierto esmero.

Todos se vistieron con sus mejores trajes, incluso el silencioso señor Murtag, quien tenía cara de circunstancia.

Pero Amelie tenía algo en mente y pensaba desplegarlo.

—Creo no haber probado nunca un plato de estofado así ¿es

posible felicitar al servicio de cocina?

Al oír eso, el rostro del coronel pareció interesado e hizo una seña que llamara a las que lograron este prodigio.

—A ellas les agradará oír que sus platillos fueron del gusto de un paladar tan exigente como el suyo —recalcó el coronel.

Amelie sonrió.

No mentía en cuanto al sabor de la comida, pero sus intenciones eran muy diferentes a los de un mero saludo.

Al cabo de unos minutos, una joven ataviada con un impecable delantal, seguida de otras dos jóvenes se presentaron con una reverencia. No la miraron a los ojos.

—Señorita Dougal, Lady Carrington, os presento a la señorita Allem, creadora de los platos que alabasteis durante la cena y más temprano, durante el té.

A Amelie no se le escapó el modo de presentarla que tuvo el coronel y que además no despegaba los ojos de esa mugrienta criada.

Su alarma se disparó cuando notó que ella le devolvía la mirada en un acto descarado.

Amelie era lista y junto a su hermana se dieron una ojeada cómplice. Allí había tensión y era claro que esa mujer de las cocinas cumplía un rol extra en la vida del coronel. No le extrañaría que fuera amante de éste.

El árbol torcido jamás endereza.

La muchacha no la miró directamente y por ello, quizá no la reconocía.

Así que decidió usar la artillería pesada.

—Esto es una coincidencia extraña. Nunca en la vida pensé que volvería a cruzar caminos con usted, señorita Herbert.

Al oír su verdadero nombre, Claire la miró y por su porte, allí la reconoció.

La cocinera no sabía cómo responder ni que decir.

—Nos halaga que hayáis disfrutado la comida. Ahora, si nos disculpáis —Claire y su grupo quisieron irse, pero la sibilina voz de Amelie se lo impidió.

—Me alegra en el alma que hayáis hallado sosiego con esta actividad y podáis emplear mejor vuestro tiempo. Los errores de juventud pueden arruinar la vida de alguien y también la de las familias.

Claire se quedó estática ante la malvada y malintencionada declaración.

Una terrible incomodidad se generó en la mesa menos en Edith, quien sonrió con la táctica de su hermana.

Isaac quedó helado. Ramsay, quien no entendía lo que ocurría hasta sintió vergüenza ajena.

El coronel, al cabo de unos segundos de estupor, decidió hablar.

—Os agradecemos, señorita Allem, podéis retiraros.

Amelie entendió aquello como un salvavidas para la pequeña zorra.

Claire y las otras dos, huyeron de prisa luego de una reverencia.

El golpe había sido dado. Si Amelie siempre sintió envidia por la sobrina del barón por sus aspavientos, ahora le había dado su merecido.

El resto de la cena, transcurrió en completo silencio. El coronel parecía turbado con todo lo ocurrido.

.

.

.

Claire no había podido subir a la buhardilla, aun cuando todos ya se habían marchado a descansar. El impacto por aquel inesperado encuentro con su pasado, la golpeaba y agobiaba en partes iguales. Claro que reconoció a la señorita Dougal como parte de ese paquete que ya no existía.

Decidió quedarse en la cocina, con un libro que cogió de la biblioteca del coronel, pero lo cierto es que no podía leerlo. No estaba de ánimo.

Si esa mujer se casaba con el coronel, ella no quería estar allí para verlo. Porque además la joven Amelie no era alguien apacible, sino más bien maliciosa e intrigante, si no dudó en exponerla frente a todos ¿Qué otra cosa sería capaz de hacerle?

Cuando iba a coger la calderilla para ir a su buhardilla, el reflejo de una palmatoria le anunció que ya no estaba sola.

Amelie Dougal, ataviada aún con su elegante vestido de la cena de antes, había encontrado el camino a la cocina.

Claire se apresuró en hacerle una reverencia como saludo.

Pero la señorita Dougal la miraba con ojos fríos, como si se tratase un insecto que se debía aplastar.

—Ya que me reconoces, no hace falta tanta parsimonia —la retó

—Ya me iba a mis habitaciones ¿desea que le sirva algo? —Claire no entendía que podría querer esa mujer, pero claro que vino a por ella.

—He venido a dejar en claro unas cosas. Vine a este pueblo, para comprometerme con el coronel Hamilton porque mi belleza y *mi reputación intachable* así me lo permiten.

Claire hizo un esfuerzo para contenerse ante la directa ofensa.

—Os felicito a ambos por la decisión.

— ¡No te hagas la mosca muerta! ¿crees que no sé cómo eres?, te echaron de Londres con ignominia por eso. No permitiré que estés aquí, provocando a mi futuro esposo, con tus aspavientos de mujerzuela. Así que esta misma madrugada, te largarás de aquí o le contaré a todos en Londres sobre tu paradero ¿sabes cómo volvería a afectar eso a la parentela que aún tienes allá? —Amelie esbozó una sonrisa maquiavélica

Claire se sintió atrapada. Hace diez años que no sabía nada de su tío o su prima, pero ya suficiente tristeza les había ocasionado una vez, como para volver a añadirles más sufrimiento.

—La que se largará de aquí es usted, señorita *Dogal* o cómo diablos se llame —reclamó una voz autoritaria que apareció.

Aidan se materializó en el lugar. Había estado oyendo desde las sombras.

—Coronel Hamilton… —adujo asustada una sorprendida Amelie

—Así que ya sabe, la intimo a usted y a su hermana a largarse de aquí en este momento. No les daré la noche en mi casa ¡váyanse ahora mismo! Ambas son unas buscavidas y yo no les debo nada. Y siga soñando que vaya a casarme con usted —amenazó Aidan con dureza, y luego esbozó una sonrisa infernal —. No voy a permitir que mujeres como ustedes, insulten a alguien de mi casa y le advierto que, si usted cumple su amenaza, yo lo haré aún peor, porque divulgaré a los cuatro vientos, que usted vino aquí como buscona, visitando la casa de un hombre sin haber sido presentada antes ¿Cómo cree que quedaría su *intachable reputación*? Además, creo que se equivocó de hermano, hubiera ido por Geoffrey, es más falso y fácil que yo —Aidan fue cruel en su intimación.

Amelie temblaba de terror y casi se echó a llorar allí mismo. Segundos después, corrió de allí, rumbo a la habitación donde quedaba.

Claire estaba atónita oyendo y viendo esa escena.

—El único favor que tendrá de mí, es que Wilder las lleve a una posada en el pueblo. Pero no las quiero volver a ver aquí. Y no le temo al marido de la tal Edith, que es un cobarde. Pero no dejaré que le insulten a usted. Nunca lo permitiría ¿se encuentra bien?

El módulo de voz con que le dijo esas palabras era calmo y tranquilizante, muy diferente a poco antes, cuando echó a Amelie.

Claire asintió y quedó mirándole por la espalda, ya que él se tuvo que ir a arreglar la marcha de las visitantes.

Con sus ojos cristalizados por la emoción y conmovida profundamente por la defensa que Aidan ejerció por ella.

Nunca antes un hombre la había protegido y cuidado de ese modo.

Hace semanas que se sentía atraída por el atractivo físico del coronel, pero era ahora cuando se rendía a la otra verdad. No era simple admiración.

Él le encantaba. Le gustaba. Se sentía inexorablemente llamada a él.

¡Por un demonio que estaba enamorada de ese hombre!

Capítulo 16

— ¿Viene, señorita Allem?

Lydia, quien estaba acabando de cargar algunos insumos en el estante de farmacia, se volteó al oír al doctor Andrew Glenn.

—Ya voy enseguida a llevarle la medicina al señor Anders —la joven cargó algo en el bolsillo de su delantal y salió.

Andrew le esperaba en la puerta.

—No, me refería a si vendrá a Escocia conmigo.

Lydia quedó detenida, no esperaba que el amable médico se la pusiera tan difícil.

Sólo hace un par de días, fue a Goldfield a preguntar a Claire su opinión sobre aquello.

Su hermana le dijo que la decisión estaba en sus manos, pero que, aunque el doctor Glenn fuera un buen hombre, ella no dejaba de ser una doncella soltera, que podría ver arruinada su honra si viajaba sola con un hombre.

—Yo sé de qué te hablo —le refirió Claire esa vez.

Lydia quería ir. Pero también era una mujer sensata, y temía lo que esto implicara para su vida. En algún momento se le había metido en la cabeza que el joven y guapo médico la miraba con interés y que sería la llave para su futuro.

Además, por supuesto, de salvaguardarla de miradas indeseadas como la de Ramsay.

¿Es que las mujeres siempre estarían supeditadas y limitadas?

—Aun no tengo una respuesta —respondió Lydia

—Es que estoy invitándola a Edimburgo, no a prisión, señorita Allem.

Era claro que para hombre las cosas eran blancas o negras. Y mucho más fáciles. Lydia entendió aquello como un ultimátum.

.

.

.

Aidan sabía que en algún momento debían venirse las consecuencias de haber echado de la finca a esas dos mujeres.

Él no tuvo contemplación con ambas, pero fue bastante claro con Amelie Dougal. Él no hacia amenazas vanas y no se consideraba un caballero. Habían pasado cuatro días.

Estaba bebiendo una taza de café en su despacho cuando desde el ventanal vio llegar el enorme carruaje con el imponente emblema del ducado de Wellington.

Nadie le había escrito, así que su padrino venía enfadado o traía noticias.

No había tenido tiempo de hablar con Claire, como le pidió. Ella parecía esconderse y él no quería forzarla ni incomodarla.

Aidan bajó su taza y fue a recibir a su padrino.

Claire recordaba al duque de Wellington, antes conocido como el coronel Wellesley con cierto cariño. Un hombre afable y amable. En la actualidad era considerado un héroe nacional por su actuación en la guerra.

Pero ella lo asociaba más como la auténtica figura paterna que tuvo Aidan en su vida.

Decidió que el servicio de té, lo entregaría ella misma, ya que le gustaría volver a ver a aquel caballero tan amable. Además, podría ver a Aidan, sin que éste se sintiera mal por ella.

Ella se había mantenido escondida pero no por ello, menos conmovida por la apasionada defensa ejercida hacia ella. Ambos se evitaban, y ella decidió que era hora de mostrarse. Le dijo a William que ella misma se encargaría de llevar las bandejas al despacho, donde el duque estaba con el coronel.

—Es que estos bizcochos requieren ser servidos adecuadamente —se excusó Claire, en un pretexto tonto.

William la miró sin entender, pero igual le dio su espacio.

Claire acomodó su delantal, y con un sonrojo especial en el rostro se dirigió al despacho del coronel.

Ambos hombres hablaban y Claire entró con la bandeja. Claramente pudo percibir la mirada azul de Aidan en su espalda.

Llevó la taza al duque, que le dio una sonrisa de agradecimiento, lo cual denotaba su humildad, pero en cuanto a Aidan fue muy diferente, porque él no despegó sus ojos de ella. Incluso le pareció que le prestaba más atención a ella que al propio duque.

Claire se dirigió a la mesa para colocar las pastas dulces en las bandejitas individuales.

—Ha sido una tragedia. Vuestra cuñada, la vizcondesa de Portland no sobrevivió al parto y ha dejado viuda a tu hermano —informó el duque con voz triste

Cuando Claire oyó eso, se paralizó. Y una taza se le cayó de las manos, haciéndose añicos.

Aidan se levantó de inmediato a ella.

— ¿Se encuentra bien?

Pero Claire no podía responderle, es como si todo se hubiera nublado.

¡Isabella estaba muerta!

Hace diez años que no la veía, pero ambas se criaron juntas. Su pobre prima nunca fue malvada, sino fue otra víctima de su propio sexo, supeditada a los manejos de los hombres.

¿Pero muerta?

Aidan se apresuró en hacerle una seña a Wilder que estaba en la puerta.

—Acompañe a la señorita y llévela a la señora Reynolds que la atienda. Y manda a alguien que limpie esto —señalando los vidrios rotos.

Claire estaba demasiado tocada que se dejó llevar, lo último que vio fue el rostro compungido de Aidan mientras Wilder la llevaba.

.

.

.

El duque de Wellington no entendía nada de lo que pasaba.

Lo que más le sorprendió fue las molestias que Aidan se tomó para proteger a la muchacha. Incluso parecía distraído cuando ella estaba ahí.

Solo cuando el otro criado retiró a la alterada joven, Aidan volvió a su silla y parecía más preocupado en lo que ella podría estar pasando.

— ¿Está enferma?

Aidan negó con la cabeza.

—No tiene caso seguir ocultándotelo a ti. Le afectó la noticia de la muerte de mi cuñada —informó Aidan —. Ella es prima de Isabella y pese a que la abandonaron, ella siempre los recuerda.

El duque quedó bastante sorprendido con la información. Si hubiera sabido aquello, no hubiere deslizado la información del fallecimiento de la vizcondesa de un modo tan insensible.

—No sabía de aquello —recalcó el duque, y luego esbozó sorpresa —. Eso quiere decir que esta joven es la misma que…

—Lo es —ratificó Aidan, sin ánimo de hurgar en el lamentable pasado.

El duque lo entendió así también. Además, no era de caballeros hablar de estas cosas, pero al perceptivo hombre no se le escapó el despiste de su ahijado, que parecía tener la mente en otra parte

Decidió seguir contando lo que vino.

—También he sabido que Geoffrey Hamilton ha dilapidado en estos diez años la fortuna que le dejó vuestro padre y también la dote de su esposa.

—Querrá decir la fortuna que ese sinvergüenza me quitó de las manos, usted sabe perfectamente que yo era el elegido de nuestro padre —agregó Aidan.

—Han sido desafortunadas las situaciones donde ambos se han visto involucrados. Rogaré por el alma de su pobre esposa, la vizcondesa se merecía un mejor marido.

En tanto Wilder volvió y junto a William se afanaban en limpiar los vidrios rotos.

El duque consideró que era hora de proponer a su ahijado lo que tenía en mente.

—Sabes que nunca estuve de acuerdo que decidieras enterrarte aquí.

—No me regañe por el asunto de las mujeres Dougal. Si vino a interceder por ellas, no transigiré un solo paso. Si el marido quiere duelo, lo tendrá, que no tengo interés alguno en disculparme, que han sido ellas quienes vinieron a insultar en mi propia casa —respondió Aidan, adelantándose.

El duque meneó la cabeza.

—No vine a eso, es un asunto diferente el que me trajo aquí. Pronto entraré a la cámara de los lores, por el partido Tory, que es con el cual me identifico y milito. Te quiero a mi lado, y negociaré con el príncipe regente, tu nombramiento como Lord, así que me acompañarás en esta creciente carrera política. Eres mi ahijado y nunca recibiste suficiente recompensa por tus servicios en la coalición. Vende este lugar y toma un lugar en el mundo ahora que al fin puedo dártelo.

Aquella petición extraordinaria inclusive paralizó a los mellizos que oyeron todo, pero que tuvieron que irse de prisa, luego de una mirada del coronel.

Aidan miró a su padrino, como si estuviera bromeando, pero el duque tenía la cara firme y seria.

La propuesta ya estaba hecha y sólo quedaba en Aidan el poder elegir.

.

.

.

Claire, en compañía del resto del personal, bebía el té calmante que le ofrecieron.

Cuando Wilder la trajo, estaba muy alterada, pero ahora ya

estaba más calma y pensativa. Y sus compañeros no le preguntaban el motivo de su malestar.

En eso, los bulliciosos mellizos venían hablando en cuchicheos.

—Si os dedicarais al trabajo, tanto como al chisme, iríais muy lejos —observó la señora Reynolds

Parece que esa fue toda la autorización que Wilder necesitó para revelar lo que oyó.

—Es que sí deberíamos estar preocupados. Acabamos de oír una charla entre su excelencia y el coronel.

—No deberíais de hacer eso —observó la señora Reynolds

Claire no intervenía, pero no podía evitar oírlos. Además, los mellizos no eran maliciosos, pero si algo chismosos.

—Que parece que el coronel va a volver a vender la finca, para regresar a Londres y trabajar por un partido político ¿Cuál era, William?

El otro se rascó la cabeza.

—Tampoco recuerdo, pero sí que es probable que cambiemos de patrón de nuevo…o seamos despedidos.

Los criados que oían se llevaron las manos a la boca.

Porque si estos mellizos tenían razón, de nuevo sus empleos pendían de un hilo. Y justo ahora que el coronel había mejorado su humor.

Si bien, la incertidumbre era para todos.

Oír eso para Claire fue terrible.

¿Cómo es que él podría irse?

Sus manos comenzaron a temblar, pero se cuidó que los demás no la vieran, pero por dentro moría de inquietud.

Si Aidan se marchaba ¿Qué sería de ella?

Aunque había aceptado que nunca sería suyo, ella amaba verlo y admirarlo desde su posición, cuidarlo con sus mejores emplastos médicos y cocinarle los mejores platillos.

Es lo único que tenía para entregarle el amor que le carcomía por dentro.

Pero si él se marchaba, y justo donde ella nunca podía volver, recordando que Londres estaba vedado para ella. Solo hace unos días, tuvo un corto encuentro con alguien que la conoció en ese tiempo y fue horrible.

Se apresuró en limpiarse la lagrima y se levantó hacia donde estaban los cazos.

—Estáis todos perdiendo tiempo. Vamos a preparar la cena, que para servir es que nos pagan —dándoles la espalda que no vieran su cara.

—La señorita Allem tiene razón! ¡A trabajar! —la voz autoritaria de la señora Reynolds se hizo escuchar, dispersando a los criados a trabajar.

Unos a limpiar, otros a realizar tareas coadyuvantes a la cocina de Claire.

Claire decidió sumergirse en lo que amaba hacer, ya que eso le ayudaría a olvidar por un momento las oscuras noticias recibidas.

La muerte de su prima y la posible marcha del hombre que amaba.

.

.

.

Aidan nunca antes había tenido animo de ser descortés con su padrino, pero era el día que deseaba que la cena pasara más de prisa. Tenía muchos deseos de encontrar a Claire y ver como estaba.

Luego de aquel cruce en el despacho cuando oyó las malas nuevas de boca del duque, es que no la había vuelto a ver.

Luego de acabado, en vez de compartir la sobremesa con su invitado y con Isaac, prefirió disculparse y salir de prisa.

Se acercó a la cocina, y el resto del personal parecía divertido contándose anécdotas. Aidan los observó desde las sombras, para no ser visto y pudo contar a todos menos a Claire.

Silenciosamente volvió a salir, presto a dirigirse a la buhardilla, y justo se topó con Ramsay Murtag, que llegaba del pueblo tan tarde.

—Coronel —le saludó, y pareció notarlo algo nervioso, así que le comunicó con tranquilidad —. La señorita Allem fue a las caballerizas, no sé si es prudente que suba a una yegua tan pronto. Me acabo de cruzar con ella.

Esa era toda la información que necesitaba, hizo un gesto con la cabeza a su administrador y salió fuera para buscarla. Ramsay quedó quieto, pero sin denotar sorpresa, ya que podía ser todo, menos estúpido.

Cuando Aidan llegó al establo, Claire acariciaba a la misma yegua que la había echado aquella vez durante la lluvia.

El coronel se recreó un momento observando aquel momento de intercambio de cariños y palabras susurradas.

Se adelantó unos pasos.

—Señorita Allem.

Ella giró, presa de la sorpresa y terriblemente nerviosa.

—Coronel Hamilton…

—He venido aquí porque le debo una conversación. Y además me gustaría proponerle algo —él fue enfático y rápido en expresarse, sin preámbulo.

—No sé qué podría proponerme a mí —replicó la joven, procurando conservar tranquilidad ante la cercanía del hombre por el que tanto suspiraba.

Casi perdió el control, cuando él acortó la distancia.

—Siento mucho que se haya enterado de las noticias de su prima, de esa forma.

—Le agradezco su amabilidad…

Aidan apretó sus nudillos, decidido.

—Quiero compensarle la perdida que sufrió por mi culpa. Voy a reconstruir la cabaña que usaba como escuela antes de mi llegada, sé cuan buena es usted con los niños y sé que perdió ese trabajo por mis exigencias. Estoy en conocimiento que su empleo de enfermera ya no se encuentra vacante, así que Goldfield patrocinará su emprendimiento.

— ¿Me está despidiendo? —en este punto Claire se horrorizaba, porque eso confirmaba el chisme de Wilder de que quizá el coronel se marcharía pronto.

—Tómelo como un retiro voluntario. Usted ha hecho muy buenas cosas aquí y no merece trabajar de cocinera, cuando puede hacer otras cosas.

Antes oír aquello, hubiera sido la gloria para Claire, pero ahora no era más que un camino de tristeza. Saber que ya no volvería a verlo. Su corazón empezó a desbocarse dentro de su pecho.

— ¿Por qué…?

—Quiero compensar el error cometido…aunque sea parte de ellos. Luego de todo lo que hemos vivido aquí y usted sabe a qué me refiero. Déjeme hacerlo de esa forma, devolviéndola de donde nunca debí obligarla a salir.

Aquellas palabras le supieron a ella, de pura ternura. Que un hombre enorme como ése y que se mandaba un carácter terrible tuviere esa increíble muestra con ella, fue demasiado para su alma sensible.

Eso vino a mezclarse con el poderoso sentimiento de amor que le tenía. Y apareció en simultaneo para ambos la fuerza que sale desde dentro, la que mueve el cuerpo más allá de la voluntad.

Estuvieron a punto de juntar sus labios, sugestionados por el anhelo de un beso.

—El duque quiere cabalgar…—la voz de Isaac interrumpió el acto, que hizo que ambos se separaran de prisa y con mucha ver-güenza de parte de ella.

En el umbral estaban el sargento, acompañado del duque, quienes observaban estupefactos la escena.

Claire, abochornada, se apresuró en hacer una reverencia y huir de prisa hacia dentro.

Aidan odió por un momento a esos dos.

Aunque no sabía si agradecerles por cortar algo que ya no tendría marcha atrás. Él no quería convertirse en alguien que se aprovechara de la joven. Pese a todas las aclaraciones, él siempre temería de ofenderla y, sobre todo, no quería rociar su alma inocente, con la oscuridad de la suya.

Además, se sentía con el deber moral de liberarla.

—Buena hora para cabalgar —atinó a responder y luego señaló a dos ejemplares —. Esos dos son los mejores para un corto paseo nocturno. Escoge el que queráis.

Isaac y el duque fueron muy prudentes en hacer comentario alguno sobre lo que habían visto. Aidan buscó a su vez otro caballo.

Quizá sería buena idea, coger aire fresco en un recorrido nocturno por el prado, en compañía de su amigo y su padrino.

Sería excelente para aclarar ideas.

.

.

.

El duque de Wellington se marchó de Goldfield por la mañana.

Aunque había tratado muchos temas de importancia con su ahijado, el hombre sentía que, de todo, lo más interesante que pudo deducir fue un importante conocimiento.

Que su terco ahijado estaba enamorado de aquella joven con la que casi se besó en las caballerizas.

Quizá el muy obcecado ni siquiera lo sabía.

El duque se alegró sinceramente con aquel descubrimiento.

El alma de Aidan había estado corriendo sólo y triste demasiados años, agriando su existencia. Ya era hora que descansara.

Capítulo 17

La decisión de dejar a Claire en libertad, era por su propio bien.

Ella no merecía tener las alas cortadas, sólo porque él era un estúpido. Lo hizo porque estaba lleno de prejuicios y rabia acumulada por la burla de hace años, que pretendió cobrársela de ese modo.

Pero ella no era ni sombra de la chiquilla de aquel tiempo. Era una mujer, que, pese a todo, emanaba ternura y en absoluto guardaba rencor por nadie. Ella se quedó, luego de la canallada que él quiso hacerle de acostarse con ella, igualándola a una furcia.

Ahora ya ni recordaba el dolor patente de su pierna, y todo gracias a la paciencia de ella.

Era una mujer con todas las letras y él no deseaba retenerla, poniéndola en peligro y más con la creciente atracción renovada que sentía por ella.

Por eso, luego de que su padrino se marchara, él se puso a la cabeza, junto al señor Murtag y Isaac de conseguir un grupo de obreros. Así como le dijo anoche, él reconstruiría lo que destruyó: la escuela, y, es más, sería su patrocinador para que ella no necesitase hacer otros trabajos humillantes.

Envió a Murtag la consecución de materiales adecuados, y el

párroco le facilitó unos planos que tenía en su bodega, y que podrían servir para la construcción.

Estuvieron tan afanados, proyectando que la comida les tuvo que ser traída en cestas, porque no habría tiempo de ir a comer a Goldfield.

Aun no se habían visto desde el fallido beso de anoche.

Recordar eso le reafirmaba su decisión de que tomaba la decisión correcta.

.

.

.

Claire pasó el día preparando comida sencilla que pudiere ser transportada.

El comentario de sus compañeros era de asombro, ya que el coronel se había puesto sobre los hombros la titánica tarea de reconstruir la vieja cabaña.

Claire no participaba de la conversación, pero oía todo.

Aún estaba decaída luego de las fuertes noticias del día anterior. Habia prendido una vela y deshojado unas violetas, que eran las flores favoritas de Isabella, al menos las que ella recordaba muy temprano, antes que nadie se levantase.

Le hubiera gustado volver a verla. ¿Cómo estaría su tío?

La vida de su hermosa prima había sido triste y corta.

Le emocionaba que la escuela reabriera ¿pero a que costo?

Si Aidan se iba, era probable que nunca más volviera a verlo, porque los hombres que se adentraban en política se convertían en otras personas.

Él regresaría a Londres, se buscaría una esposa acorde a su nueva imagen y no volvería a acordarse de la cocinera que tuvo en Goldfield.

Sacó una medida de harina, y lo arrojó a la mesada. Planeaba amasar algo de pan.

—Tengo que hablar con usted —una voz intimidante la asustó por la espalda.

La joven giró y se encontró con la figura alta de Ramsay Murtag, con su expresión inmutable y el sombrero en la mano.

Nunca había hablado con él desde que llegó a casa y él se cuidó de no cruzársela.

Claire lo detestaba, porque seguía siendo el acosador de Lydia, quien sólo estaba a salvo porque trabajaba cerca del médico y Ramsay no se le acercaba.

— ¿Qué se le ofrece, señor Murtag? —procuró tranquilizarse y volvió a su amasado.

—Tiene que decirle a su hermana que se aleje del medicucho ese.

— ¿Solo porque usted me lo dice?!ella está a salvo de usted!

Ramsay parecía nervioso.

—Hablo en serio, no le conviene tanta cercanía a ese hombre.

Tiene que decírselo.

Claire sonrió con ironía.

—Debe tener mucho valor para acercarse a mí y decirme esto, y más cuando puedo contarle al coronel lo que ha hecho y pretende seguir haciendo con mi hermana.

—Usted no me entiende —refirió Ramsay

—Claro que no, nunca podría ¿Por qué no la deja en paz?

Él parecía que pronto perdería la paciencia y Claire, secretamente anhelaba una explosión de su parte. Tenía confianza de que Aidan no toleraría al auténtico ser que ella y Lydia creían que era el administrador de Goldfield.

—Solo dígale que tenga cuidado.

—Cuidarnos de usted lo tenemos bien claro —atinó Claire

Ramsay se alejó de allí, luego de colocarse el sombrero.

Claire lo vio hacer, con indignación.

.

.

.

Con la caída de la tarde y la marcha de los obreros, se había trazado los primeros pasos para la reconstrucción de la escuela, Aidan permanecía solo mirando el horizonte.

Los verdes campos y las praderas untadas de olor crepúsculo, daban un precioso aire dramático.

Y sólo ahora podía permitirse pensar con claridad en lo que

estaba haciendo. Le estaba allanando el camino a la marcha de Claire.

Y saber eso, aunque fuera decisión de su propia mano, le dolía, le afligía. Se sentó sobre una piedra, sintió un ligero resquemor en su pierna y evocaba esos momentos tan intimistas de cuando ella le aplicaba el emplasto. Había pasado muchas semanas de la última vez y coincidentemente fue antes de que se instaurara entre ellos la sensación de *algo más*.

Ella le curó esa parte del cuerpo que nadie pudo antes. Y lo peor, es que también le aflojó parte del carácter, suavizó su mal humor y apaciguó su alma, siempre combatiente, y rabiosa ante los mínimos errores de otros.

Y todo fue culpa de ella. Nadie más la tenía.

En otros momentos, él estaría aplacando la beligerancia de su espíritu y los demonios del mismo, dando cuenta del hacha o de su pistola, descargando tensión y furia acumulada de quince años de guerra, donde dio sus mejores años, y donde también perdió mucho.

Quizá ganó cosas materiales, pero el resto quedó vacío, como su ser. Su alma se llenó de una adrenalina que no descansó un solo momento, volviéndolo déspota e intolerante. Hasta cruel.

Ahora miraba sus manos y casi podía reconocer algunos de los rasgos del muchacho que fue hace diez años.

Isaac se acercó en ese momento.

Aidan lo miró, con cierto arrepentimiento ya que sentía que nunca valoró completamente a aquel hombre tan leal y bueno. Es que siempre lo comparaba con la fraternal amistad que tuvo con Harry.

—Si todo va bien, este lugar estará completo en menos de tres semanas, con la cantidad de obreros contratados y con los materiales que Ramsay pudo conseguir.

Aidan asintió con la cabeza.

Isaac lo miraba, parecía querer decir algo, pero se abstenía.

—Di lo que tengas que decir —autorizó Aidan

—Todo es por ella ¿verdad?

—Se lo debo —confesó Aidan —. Yo le quité esta parte de su vida, es justo que se lo devuelva.

Isaac ya no volvió a opinar, sentía que se movía en arenas movedizas si iba en aquella dirección.

.

.

.

La brisa nocturna era maravillosa, así que Claire decidió ser algo temeraria, se puso un chal encima del vestido y salió caminando hacia el bosque.

Era la primera vez que salía desde su accidente. Decidió no subir a la yegua, porque el trauma era aún muy reciente, así que luego de asearse y servir la cena del personal, estuvo esperando para hacer lo mismo para el coronel, pero William sólo vino a buscar una cesta con comida para llevarle. De vuelta no comería en la casa.

Claire pretendía que esa caminata nocturna le sirviera para sentirse menos triste.

Y no tanto por su prima Isabella, ya que con ella creía haber cumplido con el ritual de despedida. Sino con el inminente adiós con todo esto, que al principio odiaba, pero que ahora no podía dejar.

Ella volvería a lo antes, estancada y él se iría.

¿Cómo es que una sólo persona podía condicionar tanto a otra?

Aidan Hamilton fue parte de su historia desde que era una adolescente alocada, sólo que ahora lo era de un modo más intenso y profundo, con la libertad de los sentimientos propios de la adultez.

Una lagrimas furtivas cayeron de sus ojos, y que se dispersaban mientras ella caminaba a paso tranquilo, por las seguras praderas.

—*Nadie puede amar como amamos nosotros, nadie sufre como sufrimos nosotros...*

La frase tópica que leyó en algún pasaje de libro se le coló como triste recordatorio de su desgracia.

Amaba a Aidan, y lo hacía tal como era él. Con sus virtudes

de hombre leal y valiente. Y con sus vilezas, que no eran tal, sino sólo producto de la oscura vida que llevó.

Finalmente se topó cerca del gran árbol de manzanas que ella conocía muy bien. Era la misma que usaban sus alumnos para disfrutar un postre en medio de sus clases.

Ya no estaba la vieja construcción que ella conoció, sino que ahora se vislumbraba varios cimientos y maderas encimadas.

Habia llegado a la localización de la nueva escuela en construcción. ¿Cómo es que había llegado allí por inercia?

Pero todo perdió importancia cuando vio aquella ancha espalda, iluminada de perfil con los trazos de la luna.

Al sentir sus pasos, él giró y ambos dieron encuentro a sus ojos. Los azules de él se veían cansados y los castaños de ella aún estaban cristalizados por las lágrimas vertidas.

Él acortó las distancias, acercándose ya que ella quedó paralizada. Se lo veía sorprendido de verla allí.

— ¿Te gusta? —era claro que le preguntaba por la escuela y además lejos de cualquier formalidad patrón – cocinera.

Ella afirmó con la cabeza.

Claro que le gustaba. Todo le gustaba, y, sobre todo, el hermoso paisaje que se denostaba con la figura de él, con su camisa con parte de los cordones desprendidos.

Un hermoso conjunto que pronto se iría.

— ¿Cuándo se va?

Él paró en seco, al oír esa pregunta.

— ¿A qué te refieres?

—La propuesta del duque, todos hemos oído de ella —reveló ella, bajando la mirada y sin poder evitar el hormigueo en sus manos y piernas.

Él hizo una pausa, como si lo pensara. Y sonrió.

—No pienso tomar esa propuesta —informó él

Ella alzó el rostro, asombrada, porque el dolor de todo el día estuvo basado en la idea de la pronta ida de él.

¿Entonces se quedaría?

Aunque eso no quitaba que ella estaba pronta a dejar el trabajo en Goldfield.

Ambos se miraban como si cada uno quisiera beberse el rostro del otro, saboreando el mar de los ojos, en medio del pecho de ella que se agitaba nervioso.

Y de pronto, la fuerza del instinto, de lo inevitable que derrumba las barreras al precio que sea sobre al que solo cabe rendirse, hizo efecto.

Él llevó una mano y rozó suavemente el mentón de la mujer, acariciándolo con ternura.

Él la besó con toda la pasión que emanaba de él. Ella le correspondió con todo lo que podía, recibiendo a aquel enorme hombre, fiel creyente de que podría tomarlo completo, como un dulce néctar ofrecido en plena sequía.

Cayeron sobre la hierba, con la luna y los arbustos perfumados, como todo testigo.

Él se aseguró de no aplastarla con su peso, mientras deshacía los cordoncillos del vestido de ella con la impaciencia de quien desea algo de forma tan insoportable y dolorosa.

Ella cerró los ojos y sintió los labios de Aidan recorriendo los retazos de piel blanca desnuda. Ella se relajó y se dejó hacer.

Pese al mote desdichado que pesaba sobre su reputación, continuaba siendo doncella. Pero sobre todo era una mujer adulta que podía sentir el calor y el delicioso tacto de ese hombre que la recorría completa, como si fuera un postre delicioso, como las que ella cocinaba y él solía devorar con fruición.

Un cosquilleo subió de sus partes bajas a las más altas, haciendo que arqueara su cuerpo, para que él acabara de quitarle por completo aquel vestido.

Sentir aquellas caricias en su bajo vientre subiendo hasta su cuello, la hizo gemir por la desconocida y sabrosa sensación. Pero abrió los ojos cuando sintió que él se alejó.

Lo que vio casi la deja sin el poco aliento que aún tenía.

Él se había incorporado para acabar de quitarse su propia ropa, exhibiendo una desnudez masculina y firme, que hizo que un hilito de saliva se perdiera de ella.

Era la primera vez que veía a un hombre en todo su esplendor y la vista era tentadora como irresistible.

Se arrojó sobre ella con toda la suavidad de la que era capaz un hombre de su talante. Le separó los muslos y se unió a ella con todo lo que poseía.

Ella no se quejó, aunque debió haberlo hecho. Él la miró con rostro sorprendido ante la inesperada novedad de que se trataba de un cuerpo intacto.

Aunque moría por poseer aquel cuerpo con todo el deseo posible, se contuvo y se dedicó a ofrecerle a ella, una experiencia más tranquila y suave.

Que ella tuviera una primera vez memorable.

Él no se equivocaba en eso, porque ella dedicó a guardar cada pedazo de aquel maravilloso instante en el fondo de su alma.

Ella estaba haciendo el amor con el hombre que amaba y era todo lo que importaba.

.

.

.

Unas luciérnagas aparecieron al costado del manzano, otorgando un hermoso espectáculo, como si se hubieran puesto de acuerdo para entregar su belleza para distracción de los amantes que descansaban desnudos y agotados de tanto reconocerse bajo el amparo de la oscuridad y del bosque.

La camisa de él servía de sabana, sobre el cual ella reposaba, cansada pero feliz. Tenía la cabeza de Aidan sobre su pecho, donde él se había refugiado luego de haberla tenido.

Ella acariciaba los cabellos de su amado con toda la dulzura de sus dedos. Él se apretaba a su pecho, abrazando su cintura, como si hubiera encontrado al fin, el lugar perfecto para reposar y encontrar sus sueños.

Claire lo sentía completamente relajado, tranquilo y con la guardia baja, como nunca antes lo había visto antes. Recordaba las penosas jornadas nocturnas de él, intentando sacarse de encima todo el dolor que llevaba encima, con toda la gloria del soldado, pero sin ninguna alegría, renegando de las causas que lo llevaron a la guerra.

Ella deseaba tanto poder ofrecerle algo más incluso que esta paz que su cuerpo le había otorgado ahora.

—Ya todas las batallas han terminado…—le susurró dulcemente acariciando mechones de su cabello oscuro —. Ya no estás sólo...

Capítulo 18

Claire había despertado, cuando el aroma exquisito del rocío de la madrugada se le impregnó por las narices. Justo a tiempo para poder admirar al delicioso hombre dormido y desnudo que tenía a su lado.

Eran las ultimas horas antes que el sol apareciera. Quizá debía despertarlo y volver a la casa.

¿Pero cómo?

¿Cómo se darían las cosas entre ellos de ahora en adelante?

Ella era plenamente consciente de sus sentimientos. Él se mostró dulce y extremadamente apasionado, pero no le dijo nada. No le prometió cosa alguna. Fue una pasión arrolladora la que los envolvió, enigmática y poderosa.

Pero no hubo palabras de por medio.

No se atrevía a acariciarle el rostro, tan apacible mientras dormía, lejos de la imagen recelosa y precavida. Y no le increpaba aquello, porque sus motivos valederos tenía para proceder de ese modo.

Así que Claire volvió a acurrucarse a su lado, y pegó su nariz al pecho masculino. A su lado, y entre esos brazos se sentía tan segura y feliz.

Como si pudiera volar.

Un par de horas más tarde con el primer claro del sol, Claire abrió los ojos por la intensidad de los primeros rayos. Se sintió vacía y con una mano buscó a su lado, pero el sitio estaba frio.

Fue ahí que vio a Aidan, de espaldas a ella y de impresionante perfil, ya vestido, pero con la camisa aun fuera de los pantalones.

La muchacha sonrió y al hacer un movimiento hizo un ruido, que hizo que él girara a verla. Estaba muy serio, muy diferente al semblante de horas antes, cuando rodaban por la hierba, buscándose desnudos.

— ¿Qué ocurre? —preguntó ella, preocupada.

Él no se acercó.

—La única cosa en el mundo que no deseo es ser como mi medio hermano Geoffrey, que va por el mundo comprometiendo mujeres y luego huyendo —refirió con voz sobria. Claire se removió incomoda con aquella mención.

Él siguió hablando, sin mermar su expresión.

—Lo que he hecho anoche es imperdonable, comprometiendo su reputación y su nombre. Quitándole la posibilidad de concertar un matrimonio respetable —declaró Aidan, sus ojos azules brillaban —. Por supuesto, para reparar esta falta, me casaré con usted —anunció, volviendo a la formalidad.

Claire pensó que bromeaba, pero él estaba circunspecto y grave, que no dejaba a lugar a dudas de que hablaba en serio.

La muchacha se quedó helada al entender la implicación de

aquella declaración.

¿Él se casaría con ella, sólo por haberse acostado la noche anterior?

¿Qué acaso no fue un acto de amor espontáneo?

Para ella, toda esa entrega fue de corazón, y él estaba actuando mecánicamente.

Se incorporó violentamente, cogió la chaqueta de Aidan y se lo arrojó al rostro, dando lugar a la impulsividad de su pecho.

— ¿Y si no quiero casarme? —le desafió

Él se adelantó unos pasos, como advertencia, luego de bloquear el golpe de la prenda.

—No fue una petición. Es algo que se va a hacer. Con la imprudencia de anoche, además de poner entredicho tu nombre, pudiste haber quedado encinta ¿acaso quieres quedar en evidencia ante todo el maldito pueblo? —él volvió a usar un tono informal, saliendo de lo mesurado.

Oír eso fue el colmo para Claire.

¿Qué se creía este imbécil para decirle eso?

¿Cómo si ella no supiera que aún debía convivir con las desastrosas consecuencias de sus acciones con Geoffrey Hamilton?

— ¿Sólo porque me pagas un salario como cocinera? ¿crees que estoy bajo tu voluntad? ¡No voy a casarme, si no quiero!

Él no pudo contenerse y se acercó.

— ¡Claro que lo harás! Y te voy a obligar si hace falta ¿crees que dejaré que vuelvan a sepultar tu honra? ¡serás mi esposa y no hay nada más que discutir! —zanjó él, acercándose a su caballo, para luego girar para pasarle la mano —. Vamos, sube.

Los ojos de Claire estaban vidriosos de la indignación, rabia y vergüenza. Tantos años viviendo en la ignominia por causa del mandato de unos hombres. Y que justamente el hombre que ella ahora amaba, no la viera con ojos diferentes que no fuera un compromiso asumido. Se casaría por obligación y deber.

Sus manos comenzaron a temblar de pura ira, así que echó a correr del lugar.

Aidan iba a subir al caballo para seguirla, pero en eso el casco de caballos de una carreta le indicó que llegaban los obreros de la obra y peor, el señor Ramsay Murtag venía con ellos.

El administrador parecía sorprendido de ver a su patrón en esas fachas, pero fiel a su discreción habitual, lo calló. No era su problema.

—Lo que sea, puede esperar —refirió Aidan, ya sobre el caballo, y mirando en dirección a donde Claire, había corrido tan rápido, que incluso ya desapareció en la espesura del bosque.

—Vienen los agentes de salubridad, los que contactamos en Bath. Vienen a firmar los permisos de explotación —informó Ramsay.

Eso hizo parar a Aidan. Hace meses esperaban la visita de esos malditos burocráticos. Volvió a mirar en dirección al bosque.

No tenía más remedio que ir con su administrador a hacer esos estúpidos papeles. Ya luego vería de arreglarse con Claire.

Los obreros de la obra, quedaron a trabajar en la construcción y él marchó con Ramsay a por aquellas gestiones.

.

.

.

Lydia marchó a trabajar con una extraña sensación de que alguien la vigilaba.

Desde que Ramsay le hubiera advertido, ella caminaba temerosa cuando iba al pueblo, por ello siempre se arreglaba de coincidir con la señora Fellman, la esposa del carnicero que tomaba ese mismo camino en carreta.

De por sí, esa mañana fue rara, que Claire vino apareciendo en la casa de sorpresa, llorosa y con aspecto de haber dormido poco.

Los Allem, quienes se disponían a iniciar el trabajo del día, tampoco le preguntaron nada y la recibieron con los brazos abiertos. Lydia se quedó lo justo para prepararle un té, porque no podía llegar tarde al trabajo. Pero le prometió regresar antes del cierre, para estar con ella.

Lydia intuía que los problemas de Claire tenían que ver con el coronel.

Se conocían de antes, así que era claro, que tenían asuntos

pendientes.

Mientras se aferraba al amable brazo de la señora Fellman, quien conducía la carreta, Lydia reflexionaba sobre lo difícil que era ser mujer en una época como esa.

Hoy le tocaba decirle al médico que no iría a Escocia, aunque parte de su corazón hubiera querido. Claire tenía razón en su consejo, que ella no podía dejarlo todo e ir a otro país.

Pero el buen doctor nunca le dio muestras o avances de sentir algo más hacia ella. Quizá se había ilusionado en vano, por causa del deseo tan grande que tenía de huir del rango de visión de Ramsay, ese maldito bastardo que la atosigaba y acosaba, que ahora se atrevía a mandar amenazas por intermedio de Claire.

Sólo por eso, Lydia tuvo el primer impulso de aceptar la propuesta de marchar a Escocia.

Andrew le decía que no había nada como Edimburgo.

Aires de libertad....

Finalmente llegaron al pueblo y la señora Fellman la bajó, con una sonora carcajada.

Lydia, volvió a mirar hacia atrás y de lado, buscando aquella sombra oscura que ella creía vislumbrar a su espalda, entrando a tientas a la clínica, descuidada y sin mirar el camino, se tropezó con el rostro alegre del médico Andrew Glenn.

—Señorita Allem, justo la recordábamos allá en la sala. Ha venido el señor Finn a por la curación de su brazo.

Lydia se apresuró en disculparse y acomodar su delantal.

Era cierto, tenía trabajo que hacer y por causa de Ramsay no podía vivir eternamente con miedo.

Además, luego del almuerzo, aprovecharía de decirle al médico acerca de su negativa de viajar, para darle oportunidad que el hombre buscase otra enfermera más disponible.

.

.

.

Los funcionarios de salubridad se marcharon luego de las firmas respectivas que se hicieron en el despacho de Aidan.

Aidan pidió que le trajeran café, que le bastaba por todo desayuno.

Luego que el señor Murtag saliera a su vez, y quedara solo con Isaac, quien lo veía con suspicacia, Aidan le hizo una seña a su amigo.

— ¿Tengo algo en la cara?

Isaac rió.

—Oh, claro que sí. Porque no soy ciego ni sordo —replicó éste —. Además, la señorita Allem no amaneció aquí, tu tampoco. Estas de mal humor y ella no retomó su trabajo en la cocina ¿Qué conclusión tengo que sacar?

—No es tu asunto —rezumó él, aunque luego giró hacia su amigo —. ¿Alguien más lo notó?

Isaac negó con la cabeza.

—Dije que la señorita Allem marchó a su casa, por razones personales. Claro que he pensado que todo esto, sería motivo de habladurías.

Aidan sintió alivio.

Le quemaba la piel él solo pensar, que también en este maldito pueblo la conceptuaran de un modo que volvieran a sepultar su reputación. No entendía aun porque se enfadó esta mañana, dejándole solo. Él solo le propuso matrimonio, porque eso es lo que todas las mujeres quieren ¿no?

Luego de terminar sus labores en Goldfield, marcharía a buscarla a casa de los Allem. Ya Claire estaría más tranquila y podrían hablarlo como adultos.

Igual no le gustaba el modo que Isaac tenía de mirarlo, como si lo juzgara.

—Di lo que tengas que decir —le autorizó.

— ¿Qué has hecho?

— ¿Por qué asumes que yo hice algo?

—Es que por siempre tienes la culpa y la señorita Allem es transparente como el cristal de esta ventana.

Aidan sorbió el tazón de café completo.

—Le propuse matrimonio y ella no aceptó.

Si Isaac hubiera estado bebiendo también café, lo escupiría.

—Si, como lo oyes. Claire rechazó mi oferta, cuando es lo menos que puedo hacer para reparar mi afrenta.

—Se escucha como si fuera una propuesta de negocios ¡por dios! ¿es que no tienes una pizca de sensibilidad? —refutó Isaac

Aidan se encogió de hombros.

—Somos adultos, no los chiquillos de antes. Es una simple pedida de mano, no necesitamos un circo alrededor.

Isaac no daba crédito a lo que escuchaba. Al principio creyó que Aidan bromeaba, pero no, él estaba actuando natural.

Así que sargento se levantó y se posicionó cerca del coronel que estaba viendo a la ventana.

—Pero ¿la amas?

Aidan pareció tocado al oír aquello. Le costaba un mundo exteriorizar sus sentimientos y más cuando Isaac se los mencionaba como si fuera algo sencillo.

Pero sí, pese a todo el desastre de su vida, él se daba cuenta que se quería casar con Claire, no sólo por haberle arrebatado la virtud. La amaba, aunque le costaba hasta pensarlo.

Y si ella podría sentir lo mismo ¿Por qué no se casaba con él?

Isaac no necesitó confirmación de palabras.

—Ella te rechazó porque cree que te casas con ella, por obligación, no porque quieres. Con la vida que ha llevado lo que menos desea es sentirse ligada a una cadena ¿es que no te has dado cuenta? Obviamente por eso huyó y no ha vuelto hasta ahora. No volverá, y eso puedo asegurártelo.

Aidan giró sorprendido al oír la increíble retahíla lógica de Isaac.

Se sintió automáticamente un imbécil.

¿Cómo es que siempre se daba aires y no se percató que hirió el corazón de la mujer más noble que hubiera conocido?

No, peor aún. De la mujer que amaba. Porque con todo este devaneo, se daba perfecta cuenta de sus sentimientos.

Cogió su chaqueta y se dispuso a salir.

— ¿La vas a buscar?

—Incluso dejaré que me dé una buena bofetada ¿Cómo es que pude ser tan ciego?

Isaac le hizo un gesto con la cabeza.

Se alegraba que Aidan tomara las riendas de su corazón. Él se había dado cuenta, mucho antes que él mismo, de las chispas habientes entre Claire y su amigo.

Aidan sólo merecía un empujoncito.

Desde el ventanal del enorme despacho, pudo ver como Aidan salía montado sobre su caballo favorito en dirección a la casa de los Allem.

Era claro que pronto sonarían campanas nupciales en la casa.

.

.

.

Aidan, quien había estado de pésimo humor por el rechazo, estaba con el semblante aliviado y feliz.

En cuanto notó su estupidez marchó a buscar a Claire a casa de su familia. Nadie le había dicho que allí estaba, pero era el único lugar donde ella podría ir.

Aidan sonrió pensando que pronto eso cambiaria, que Goldfield sería su hogar como dueña y señora.

Cogió el camino más corto del bosque, pasando por el lado de la construcción de la escuela, donde los obreros se afanaban en las labores, y que se detuvieron a saludarlo, cuando lo vieron pasar cerca de ellos, a bordo del caballo.

Cuando notó la granja de los Allem esbozó una sonrisa, pero se detuvo abruptamente cuando notó algo inusual.

Un carruaje elegante estaba estacionado enfrente y el cochero del mismo estaba a un costado, descansando.

Aidan decidió verificar, porque tuvo un mal presentimiento, así que decidió rodear la granja y salirse del camino, para poder acercarse y ver de qué se trataba aquello desde detrás de los árboles de adjunto.

Quedó helado al reconocer el emblema de la casa Portland, misma que hubiera sido el distintivo de él, si su medio hermano Geoffrey no le hubiera jugado sucio.

¿Qué rayos pasaba allí?

Pero nada lo preparó para que lo vio a continuación.

Dos personas conversaban en la entrada. La figura alta y masculina era de ese infeliz de Geoffrey y la mujer que conversaba con él era Claire.

Capítulo 19

La rabia homicida que se apoderó de Aidan fue tan intensa, que por un momento tuvo el impulso de salir de su escondite, matar a Geoffrey y pedirle explicaciones a Claire de qué hacía con ese sujeto, y más luego de haberle rechazado tan bruscamente.

Pero se contuvo.

Geoffrey se marchó enseguida y Claire quedó en la entrada.

Al verla allí, no pudo con su mal genio y se acercó, enorme y poderoso a bordo del caballo.

Ella parecía sorprendida de verlo y no pudo prever lo que él iba a hacer.

Se acercó lo suficiente a su lado, para atraparla con una mano y alzarla con él, como si fuera un saco de trigo.

No gritó, posiblemente para no alarmar a los señores Allem, aunque hizo cierto esfuerzo de zafarse. De todos modos, ambos bajaron en el bosque, porque Aidan quería privacidad.

Tenía los labios apretados y los puños endurecidos. Claire lo vio ir y venir de un lado a otro.

—No tenías derecho a traerme aquí sin mi consentimiento —replicó ella, sacudiéndose el brazo por donde él la había tomado.

Él paró allí y se dirigió a ella, con sus ojos brillantes de furia.

—Siempre estuviste esperando por ese idiota de Geoffrey ¿verdad? ¡responde!

Ella se acercó, presa de cólera y le dio un empujón con todas sus fuerzas, que de todas formas apenas lo movió.

— ¿¡Cómo te atreves a decirme eso, infeliz!?

A Claire comenzaba a cristalizársele los ojos del cabreo.

Aidan estaba celoso y rabioso, pero verla de ese modo, casi lo desinflaba.

— ¡Estoy harta de que vosotros hombres pretendáis hacer conmigo lo que queráis! ¡no lo permitiré! Años viví en el ostracismo porque un hombre me envió aquí y ahora nuevamente, tú y tu hermano parece que se pusieron de acuerdo para estropearme la vida.

—Claire…

— ¡No me sigas! —gritó ella, negando con la cabeza y volviendo a correr para su casa.

No estaba dispuesta que él volviera a atraparla, así que corrió con toda la fuerza que podían sus piernas.

Aidan quedó muy afectado de verla en ese estado y no la siguió. Fue culpa de su imprudencia e impulsividad, minada de celosos sentimientos que lo llevaron a gritarle de ese modo.

Pero eso no quitaba que ella hubiera recibido a ese desgraciado de Geoffrey y las explicaciones habían sido insuficientes.

Volvió a subir a su caballo y enfiló directo a Goldfield, porque estaba demasiado irritado y temía hacer algo de la que después se arrepintiera.

.

.

.

Apenas Claire llegó a la granja se arrojó a los brazos de Lilian Allem, quien la acunó con cariño.

La joven se echó a llorar.

¿Por qué le pasaban estas cosas?

En un solo día, Aidan, el hombre que amaba la acorralaba a un matrimonio de simple lastima, algo que ella no quería. Y también apareció sorpresivamente Geoffrey Hamilton, el sujeto que arruinó su vida.

Y no venía con planes desinteresados.

Geoffrey Hamilton, vizconde de Portland, recién viudo de su prima, y completamente arruinado, le informó que, sobre su cabeza, pesaba un fideicomiso a cobrar, y que fuera establecido por su tío que ahora yacía en cama sin hablar.

Geoffrey fue directo al grano.

Le ofreció matrimonio y restablecer su nombre y honra ante la sociedad londinense. Él se encargaría de limpiar su reputación. A cambio, él pedía la administración de ese fideicomiso que ahora se enteraba que tenía.

También con esto, se enteró de porqué su tío nunca más envió dinero a los Allem. Llevaba años postrado en cama, sin habla y perdido parte de facultades.

Claire estaba harta que su destino fuera manejado por hombres, como si ella fuera un peón de su campo de juegos particular.

—Iré a descansar —informó Claire, limpiando sus lágrimas —. Lo único que quiero es huir y no ser encontrada.

—Tengo una hermana que vive en Milton, si deseas tomar distancia. Nadie podrá encontrarte allí —ofreció Lilian, para sorpresa de Claire —. Pero antes, descansa, que no permitiré que venga nadie a molestar.

Aquella información era interesante porque con urgencia quería y debía estar lejos, para sustraerse de esos hombres.

Escapar nuevamente.

Y ni siquiera era culpa suya.

.

.

.

Aidan bajó con violencia del caballo, sin saludar. Entró intempestivamente al comedor y los criados que estaban cerca, huyeron de allí. El coronel estaba completamente fuera de sí.

La reciente imagen de Claire con Geoffrey era una estampa que apenas y podía tolerar.

Aunque él comprobó en carne propia que Claire había sido

doncella hasta anoche, eso no quitaba que ella hubiera amado a ese bellaco de Geoffrey.

Y eso era peor, mil veces peor. En un arranque cogió toda la vajilla de la mesa y lo echó a suelo, haciéndolo añicos, golpeó la mesa, partiéndolo en dos con sus enormes puños. No contento rasgó las cortinas y destrozó todos los objetos que veía a su paso.

Los mellizos quisieron detenerlo, pero él era más fuerte que esos dos.

Le ordenó que le trajeran todo el alcohol que encontrasen. Wilder y William no tuvieron más remedio que obedecer.

— ¡Que nadie se acerque aquí!

Aidan bebió tanto esa tarde, que en un momento dado perdió el sentido y cayó al suelo.

No supo cuánto tiempo estuvo así, pero cuando despertó horas después, no tenía idea del tiempo transcurrido. Por la oscuridad de la habitación, dedujo que ya el sol se había escondido.

Pasado la amargura del sabor de la bebida, habían regresado los malos recuerdos, le dolían los puños de haber machacados muebles y su pierna había comenzado a molestarle.

Se levantó del suelo, con cierta dificultad, y en eso la puerta se abrió.

Era Isaac, portando una palmatoria. Y no estaba solo.

Aidan achinó los ojos y pudo reconocer a la mujer, como a Lydia Allem.

—Espero hayas terminado, porque la señorita Allem tiene algo que decir.

Aidan se sentó y buscó a tientas su botella,

—No, largaos de aquí.

Pero Isaac no estaba por la labor de obedecer. Lydia Allem había venido desesperada con información que podría interesar al coronel.

Isaac se acercó y le quitó la botella a Aidan.

—No intervine mientras jugabas al borracho, aunque creo que lo que te mereces es una buena tunda.

Aidan rió.

—No podrías ganarme —desafió el coronel

— ¡Basta los dos! —la voz de Lydia paró aquel ridículo cruce, la joven se veía cansada —. Vine desde mi casa, porque he encontrado a mi hermana preparándose para coger la diligencia de la madrugada. Se irá lejos y todo es vuestra culpa —acusó Lydia, mirando a Aidan

La joven se acercó.

—Claire me ha contado que no tiene más remedio que marcharse de Lingfield, porque si se queda, ese tal Geoffrey la acosará sin descanso y tampoco puede vivir en la propiedad de un hombre, que parece que no la entiende, y que la acusa antes de oírla.

Aidan se levantó del sillón.

Fue el turno de Isaac de intervenir.

—Es como dice la señorita Allem, Claire se irá de aquí por causa de dos hermanos que se odian desde la cuna, y que parece que se han puesto de acuerdo en estropear su vida —agregó Isaac, y luego acercándose cerca del oído del coronel, para que no le oyera Lydia, le susurró —. No va a quedarse aquí a ser el objeto sexual de un hombre ni el juguete de fortuna de otro, eso es todo.

Aidan cogió del cuello a Isaac por su atrevimiento, pero la voz de Lydia volvió a detenerlo.

Le contó toda la verdad acerca de la visita de Geoffrey. En realidad, no fue tal, fue una irrupción con aire de chantaje.

Al escuchar la verdad que tan estúpidamente no oyó antes, Aidan soltó las solapas de la camisa de Isaac.

—Ella le ama y usted lo sabe. Y si de verdad la quiere, no debería permitir que ella sacrifique de nuevo su vida, yéndose del lado de la gente que ama—refirió Lydia, con los ojos cristalizados.

Aidan estaba paralizado, sintiéndose más imbécil que nunca.

Lydia se limpió la lagrima que se había logrado escabullir, hizo un gesto a Isaac. Debía volver a casa antes que fuera muy tarde. No quería que nadie la acompañara como le ofreció el sargento Mills, porque temía que Claire se pusiera mal al verla llegar en un coche de Goldfield. Además, ella vino, sin avisar a nadie.

Pero sentía el deber moral de poner las cartas sobre la mesa para el coronel. Porque los protagonistas de esa historia aparentemente no conocían todos los lados de aquel cuento.

Lydia se colocó su cofia, miró hacia atrás, despidiéndose del sargento Mills y enfiló rumbo a su casa, donde la esperaban sus padres y también donde Claire, preparaba sus pertenecías.

Ella no quería que Claire se fuera tan lejos. Los que debían marcharse eran esos hombres. Con la verdad dada a conocer, sólo ahora podía saberse si el coronel era realmente digno de Claire.

Al entrar a la espesura del bosque, extrañamente esa sensación de persecución volvió a apoderarse de Lydia. Fue tonta, hubiera aceptado el ofrecimiento de que uno de los mellizos la acompañara.

Miró varias veces hacia atrás y apresuró sus pasos, pero cada que avanzaba sentía que podía sentir la sombra de alguien, incluso el olor.

El pánico la sobresaltó y echó a correr con más fuerza. Este era territorio de Ramsay, era demasiado fácil para él, aparecer aquí y…

No quería ni pensarlo.

Parece que la estupidez no era exclusividad del coronel. Tampoco podía devolver sus pasos a Goldfield así que aligeró su corrida esperando salir del bosque y alcanzar la pradera del camino a su casa.

Sintió un alivio al ver desde lejos el final del bosque, pero un fuerte empujón, como si alguien la hubiera estirado violentamente de la cofia la arrastró al suelo.

En la oscuridad no podía verlo bien, pero su miedo más grande se había materializado. Una figura alta, vestida con prendas oscuras y con un trapo tapando su rostro, del cual sólo se vislumbraban los ojos.

Lydia quiso gritar, pero una enorme mano le tapó la boca.

La pobre joven sabía que estaba perdida. Ramsay finalmente la había cazado, asegurándose de encontrarla en el momento más vulnerable; ni siquiera el coronel, el único con ascendiente sobre Ramsay podría ayudarla.

El hombre la arrastró del cabello y en esos momentos terroríficos Lydia pudo capitular que el día terminaría de la peor forma.

Habia comenzado mal, con la renuncia presentada al doctor Glenn, luego encontrarse con el problema de Claire en su casa, el enfrentamiento con el coronel y ahora que este miserable la hubiera atrapado.

La joven se removió e intentó resistirse, pero en cambio, un puñetazo le cruzó el rostro. Uno que casi la mandó a dormir.

—Déjame ir…por favor Ramsay —rogó la joven, cuando el hombre la soltó, dejándola inmóvil en el suelo, a causa del efecto del golpe.

Lydia veía como el hombre comenzaba a desprenderse el pantalón, se arrodilló, le levantó la falda buscando a tientas arrancarle la ropa interior.

Y fue allí que algo muy extraño y repentino ocurrió.

Algo golpeó la cabeza del hombre que estaba a punto de abusar de ella. Este quiso incorporarse, pero el recién llegado le propinó otro puñetazo tan fuerte que rompió la tela que cubría su rostro y lo envió al suelo.

Lydia, se removió un poco, acomodando su vestido.

Aun atontada vio la escena.

¿Quién la había salvado?

¿Isaac? ¿el coronel? ¿el propio Andrew Glenn?

Su salvador era demasiado alto para que fuera uno de los mellizos de Goldfield.

Todo era muy oscuro, pero cuando vislumbró que se acercaba a ella, luego de cerciorarse que el abusador estuviera inconsciente, la claridad de la luna alumbró sus facciones.

¡Era Ramsay Murtag!

¡Su salvador era ese hombre!

Lydia abrió la boca de la sorpresa y él le pasó la mano para ayudarla a levantarse.

—Tome mi mano y no tema…

Y Lydia lo hizo.

¿Qué era esta escena surrealista?

Giró a mirar el cuerpo tendido.

— Pero ¿quién es ese hombre?

Ramsay hizo una mueca y la ayudó a ir donde estaba el sujeto.

Lydia se horrorizó de reconocer tras las telas rotas al amable Andrew Glenn.

—Es vergonzoso, pero ese hombre es mi compatriota. Yo lo conozco, sabía que no era de fiar y por eso la hice advertir a usted. Pero creo que todo ha sido culpa mía, soy escocés y mis modales son escasos y fácilmente me pueden confundir con un loco —admitió Ramsay

Lydia estaba anonadada de lo que había ocurrido en cuestión de segundos.

—Puedo ser alguien severo y a veces, hasta injusto, pero el trabajo de un administrador no es tan simple como suena. Me tocan las decisiones más difíciles —explicó él, con brutal sinceridad.

Lydia no podía ni hablar de la impresión. Siempre había juzgado a Ramsay de cierto modo, por la cubierta que presentaba. Y lo mismo le pasaba con respecto al médico, a quien ella incluso creyó otro tipo de persona. Hasta fantaseó que pudiera convertirse en su esposo.

—Andrew Glenn es de Edimburgo como yo, lo conocía de los barrios y siempre fue un hombre peligroso. En Inverness cometió hechos deleznables y huyó a Inglaterra por esos motivos. Su fachada de hombre bueno y correcto lo mantenía a salvo aquí, pero no ha perdido las mañas.

Ramsay se arrodilló y usando una soga que traía, ató las manos del hombre.

—Me encargaré de entregarlo a las autoridades.

— ¿Qué puede esperarse? —preguntó Lydia, fue lo único que se le ocurrió.

—Pueden que lo destierren de aquí. Le espera la horca en Escocia.

—No lo denunciaré, no deseo que mi familia pase por un escarnio público. Ese hombre recibirá su castigo justo —concluyó Lydia, tocándose la mejilla roja, donde Andrew la había golpeado.

Ramsay se aseguró se atar a Andrew a la grupa del caballo y asintió.

—Igual, déjeme acompañarla desde la distancia. Quiero asegurarme que llegue bien a su casa.

Lydia aceptó y comenzó a caminar lentamente.

Y aunque nunca volteó atrás a mirar, sabía que Ramsay la seguía a prudente distancia.

Bajo aquella oscuridad, había comenzado a vislumbrar a ese hombre con otra luz y perspectiva.

.

.

.

¿Cómo era posible que, en un solo día, hubiera podido cometer tres estupideces seguidas?

El amor lo volvía cretino y demasiado celoso. Debía controlar esos impulsos malévolos.

No tenía disculpa para el horrible día que le hizo pasar a Claire, poniéndola entre la espada y la pared. Entre un amante carente que no sabía decirle que la amaba y el otro sujeto que le había arruinado la vida.

Cogió la botella de ron, semi llena aún, y lo hizo añicos contra el suelo, ante la atenta mirada de Isaac, sonriente ante la determinación final de su amigo, quien era claro que necesitaba un escarmiento y abrir los ojos ante la verdad.

Ya luego se encargaría de agradecer a la señorita Lydia Allem.

—Iré por ella y esta vez no habrá lugar para malentendidos de niños —anunció Aidan, antes de salir directamente para afuera.

Se fue tal y como estaba, sin colocarse una chaqueta encima de la camisa raída. Y sin importar que fuera tan tarde.

Era más urgente encontrar a Claire y explicarle todo. Sobre todo, quitarle la idea de la cabeza de marcharse de Lingfield. Que juntos podrían pelear contra Geoffrey, que no la dejaría sola en esa cruzada.

—William o Wilder, el que sea, ensillad mi caballo ahora mismo —ordenó mientras cruzaba el umbral de la casa, a uno de los mellizos que lo seguían.

Todo cayó en saco roto, cuando en la entrada misma, vio a la única persona que no pensaba ver nunca en una propiedad suya.

Su medio hermano Geoffrey Hamilton, con apostura arrogante estaba allí mismo.

Detrás suyo, el carruaje con los estandartes de la casa Portland, el mismo que lo había traído.

Se acercó, presuntuoso.

—Hermano —con voz irónica

—Tú no eres mi hermano, maldito petulante —retrucó Aidan

Geoffrey esbozó una sonrisilla autosuficiente, aunque se vislumbraba en sus enormes ojos, muy parecidos a los de Aidan, una rabia fulgurante.

— ¡Tú y yo arreglaremos cuentas aquí y ahora! —amenazó Geoffrey.

Capítulo 20

Geoffrey Hamilton siempre vivió bajo la férula de un padre que no lo amaba tanto como si amó al otro hijo.

Ocasionando serias diferencias. Geoffrey se crio y vivió en Bristol siempre, a diferencia de Aidan quien lo hizo en Londres, y recibió una esmerada educación.

El fallecido vizconde también le procuró un buen padrino para acompañar a Aidan, para guiarlo en su carrera militar.

A Geoffrey no lo guío nadie, salvo su madre, que sólo fue una aventura de una noche para el vizconde. Creció en medio del rencor y envidia que le ocasionó perfilarse un carácter sibilino e intrigante.

Sedujo a Claire Herbert, cuando era una adolescente, sólo para arruinar las perspectivas de su hermano. Se mudó a Londres, sólo para esperar su momento y la providencia estuvo de su parte, ya que al final terminó heredando el título nobiliario y la fortuna.

Casado con la más bella de las mujeres Herbert, su matrimonio con Isabella fue tranquilo gracias al carácter de su esposa.

Geoffrey dedicó esos años a vivir como un manirroto.

Pero hace pocas semanas, su mujer murió en el parto, lo cual le quitó cualquier oportunidad de seguir recibiendo algún dividendo del barón Herbert, su suegro, quien estaba convaleciente, pero que había dejado instrucciones a su abogado de velar siempre por Isabella, en caso que ella lo pidiera.

Muerta Isabella, terminaron los pedidos y por ende Geoffrey se hallaba en una situación desesperada, agobiado por deudas y arruinado hasta la medula.

Un poco feliz comentario del abogado de su suegro le dio una idea.

—Lord Herbert siempre fue precavido y antes de perder facultades, me encomendó que velara siempre por su hija…y también por su sobrina, si ella lo pedía. Pero esto último nunca se pudo hacer, porque el barón cayó enfermo antes de entregar los datos de ella, es una lástima, porque sobre su cabeza pesa un interesante fideicomiso que ha crecido bastante con los años.

Esa información era interesante. Finalmente, luego de mucho rastrear, pudo ubicar a un antiguo valet del barón, y él pudo decirle que la sobrina descarriada fue enviada hace diez años a un pueblito llamado Lingfield. Que era todo cuanto recordaba.

El resto fue simple, decidió enviar primero a Godric, su fiel criado a peinar el área.

Godric regresó a los quinces días con una inquietante averiguación.

Claire Herbert, que ahora era conocida como Claire Allem vivía en Goldfield, la finca de referencia de Lingfield, como cocinera y quien sabe que más.

Lo peor es que el dueño de casa era su despreciado medio hermano mayor, Aidan.

Y fue ahí que Godric le compartió una suposición horrorosa.

Aparentemente entre Claire y Aidan, la relación era extraña, y quizá no era propia de un amo y criada.

Geoffrey preparó su equipaje y acompañado de Godric vino a Lingfield a buscarla a ella, decidido a hacer un trato que ella no podría rechazar.

Ofrecerle limpiar su nombre ante la sociedad londinense, casarse con ella, y claro, obtener la administración del fideicomiso.

Al llegar al pueblo, lo odió. Era pequeño y demasiado provinciano. Con las coordenadas de Godric, pudo ubicar Goldfield y la casa de la familia Allem.

Pudieron rastrear finalmente a Claire, una mañana en la casa de los Allem.

Luego de diez años de no ver a la ingenua muchachita que una vez quiso huir con él, Geoffrey se sorprendió.

La que tenía enfrente era una mujer hecha y derecha, que estaba a prueba de las palabras galantes y seductoras que él empleó.

Él fue al grano, en medio de tanto lisonjeo.

Pero la respuesta de Claire fue contundente, munida de una mirada de desprecio.

—Lo único que lamento es que mi prima haya desperdiciado su vida con alguien como usted. Hace diez años que vivo de esta manera ¿cree que palabras amables de un hombre que no veo hace años me pondrá bien?

—Mi propuesta de matrimonio es seria ¿es que no reconoce algo bueno?

Geoffrey notó que los ojos de Claire se cristalizaban de rabia. La vio apretar sus puños, como si quisiera darle un golpe, pero que superó el verse enfrentada con su pasado, efímero ciertamente, pero cuyas consecuencias aún cargaba.

Claire lo echó de allí. Geoffrey se marchó, pero prometió volver porque no pensaba dejar ir esa posibilidad de dinero.

Ya cuando se estaba alejando con el coche, pudo ver desde la ventanilla como su hermano aparecía a bordo del caballo y se la llevaba a lomos del animal.

¿Cómo es que ese maldito volvía a aparecerse en su perfecta ecuación?

De vuelta a la posada, tomó la decisión, de ir a arreglar cuentas con su medio hermano porque era claro que él tenía una extraña influencia sobre Claire.

La manera que él la tomó para alzarla sobre ese caballo, en actitudes propias de un amante celoso. Esa insinuación fue suficiente para que Geoffrey decidiera hacer lo que siempre amenazaba cuando se veía con Aidan.

Que un día arreglarían cuentas.

Habia llegado, finalmente. Si Aidan era el obstáculo entre

Claire y su fideicomiso, tendría que sacarlo del medio. Tenía mucha confianza en sí mismo, y estaba seguro que luego podría continuar su seducción a Claire.

Fue a Goldfield y esperó en la entrada.

.

.

.

—No tengo tiempo de jugar contigo. Lárgate, que tengo algo que hacer —exigió Aidan, sorprendido y rabioso de verlo allí esperando insolentemente por él.

—No voy a irme de aquí. Vine aquí por ella, tú sabes de quien hablo —replicó Geoffrey

Aidan apretó sus puños.

—No tengo que hablar de ella contigo ni con nadie —rugió Aidan, e hizo ademán de salir, pero Geoffrey se puso enfrente.

Era igual de alto que su hermano, y pensaba desafiarlo.

—No me iré de aquí sin hablar antes. Sólo será un momento.

Aidan tuvo el primer impulso de darle una bofetada y romperle algunos dientes, por su atrevimiento. Pero también podría ser un buen momento para aclararle a ese imbécil que Claire sería su esposa muy pronto, que no la volviera a molestar. Podría hacerlo allí mismo, afuera, pero los criados y cualquiera que pasara por el lugar, podría oírlos, así que asintió.

Le hizo un gesto con la cabeza a Geoffrey para que entrara

—Vamos al despacho —pero al ver que Godric, el criado lo iba a seguir, le cerró el paso —. Tú te quedas aquí.

Enseguida estuvieron dentro del enorme despacho de Aidan.

—No es tan grande como el despacho de Mont House —se burló Geoffrey, mirando el interior y comparándola con la mansión que heredó como vizconde.

—Quizá me hayas podido robar la herencia de nuestro padre. Pero estás a punto de quedarte en la calle, así que mejor cierra la boca ¿crees que no sé qué quieres apoderarte del fideicomiso de Claire?

—Le ofrecí reestablecer su nombre, que no es poco —contraatacó Geoffrey

Aidan se sirvió una copa de brandy.

—Te daré dinero para que desaparezcas de nuestras vidas. Claire es mi mujer y no necesita que imbéciles como tú la protejan de nada. Además, te odia.

Esa última frase de Aidan, molestó profundamente a Geoffrey.

Cogió una copa de vidrio vacía y lo estampó contra la pared.

— ¡Estoy harto de oír eso! ¿Qué demonios tienes que todos acaban queriéndote más a ti?, nuestro padre, mi propia esposa y también Claire ¡todos! —Geoffrey se acercó a Aidan —. ¿Crees que puedes comprarme por unas monedas?

Aidan sonrió sardónicamente.

—Claro que sí. Estás en bancarrota, cualquier moneda te viene bien.

Geoffrey no pudo con la provocación y se acercó a darle un puñetazo, que fue desviado por Aidan, quien aprovechó para apretarle la mano y empujarlo hacia atrás.

Pero Geoffrey no pensaba dárselo fácil. La última vez que fueron a las manos fue luego del funeral de su padre, cuando aún eran unos adolescentes.

Geoffrey creía tener ventaja, porque conocía la debilidad de la pierna adolorida de su hermano y enfocó sus golpes a esa zona, pero Aidan era demasiado fuerte.

Se arrojaron al piso a golpearse con todo lo que tenían, descargando rabia y tensión de años de rencor.

.

.

.

Godric había estado atento desde que su amo entrara con su hermano a la casa.

Su enfermiza lealtad a Geoffrey le permitía conocerlo muy bien. Sabía que su némesis siempre sería aquel maldito hermano que nunca eligió, pero que el destino puso en su camino. A pesar de haberle ganado la batalla por el título, sabía que lo envidiaba porque el coronel Hamilton había amasado fortuna y reputación propias. Y luego el asunto de los afectos.

Comenzando por el difunto vizconde, quien nunca ocultó su preferencia hacia Aidan.

Lady Isabella tampoco fue una excepción. Si bien, ella cumplió con su marido, en el fondo le tenía miedo y podía ver en sus ojos que siempre lo compararía con el hermano.

El asunto de Claire era otro que venía a agregarse a la ecuación. Si bien, Geoffrey y Claire compartieron un pasado escabroso, el vizconde tenía confianza de poder obtener aquel fideicomiso con aquel soborno, pero Claire se mostraba inmune.

Y la culpa de nuevo era de Aidan.

Godric era peligroso. Pensaba que Geoffrey no tenía suficiente valor para deshacerse de Aidan. Quizá necesitaba una ayuda, no merecía mancharse las manos cuando tenía a Godric para servirlo.

La enferma mente de Godric fue rápida en maquinar una oscura idea y más veloz en ejecutarla. Tomó un trozo de madera y golpeó en la cabeza a Wilder, que cuidaba la entrada e ingresó a la casa, rápidamente.

Dio un vistazo e inmediatamente identificó los gritos desde el despacho. Cogió una calderilla que estaba encendida y caminó hacía allí.

Encontró otras calderillas y las tomó.

Decidió no perder más tiempo y comenzó a arrojarlas a las cortinas, donde comenzaron a arder.

Abrió la puerta del despacho y se encontró con ambos hermanos peleando.

Godric fue veloz en entrar y tirar la última calderilla a donde estaban los libros para que las llamas se esparcieran más rápido.

Ambos contendientes pararon la pelea al ver lo que se había desatado.

—Milord, he cumplido su más grande designio —refirió hablando con Geoffrey, cogió un trozo de hierro que vio cerca de la chimenea y arremetió contra Aidan.

Si idea era dejarlo inconsciente y que muriera en aquel incendio mientras él ayudaba huir a su amo.

No habría culpables.

—! ¿Qué rayos estás haciendo?! —gritó Aidan

Mientras Geoffrey observaba sin poderlo creer, tirado a un costado, Aidan se opuso a Godric, pero el humo ya estaba haciendo lo suyo. Las llamas y los gritos que se vislumbraban desde afuera mostraban la voracidad del incendio iniciado por Godric.

El siniestro hombrecillo sonrió y aprovechó su corta estatura para dar el golpe de hierro directo a la pierna lastimada de Aidan, que hizo que este cayera.

Godric aprovechó para ir hacia su amo y ayudarlo a levantarse para escapar, pero el fuego era implacable, y no pudo prever cuando parte del mueble de la biblioteca cayó sobre él. Jamás pudo llegar a Geoffrey.

—! Godric! —el grito de Geoffrey inundó el despacho y fue lo último que oyó el criado.

.

.

.

En pocos minutos, el fuego se había adueñado de todo. Aidan se levantó, adolorido del piso. Ese desgraciado criado le había dado muy fuerte en la pierna, pero logró incorporarse.

Podía oír gritos indistintos. Esperaba que los criados de la casa hubieran podido salir. Se incorporó y ahí vio a Geoffrey en el suelo.

Aplastado al suelo porque una parte del mismo mueble que mató a Godric, había caído sobre las piernas de Geoffrey.

Fueron cortos segundos, donde ambos hermanos se miraron.

El fuego apremiaba. Uno tenía la posibilidad de tratar de huir y dejar al otro. Terminaría la rivalidad y el acoso hacia Claire.

Años de rabia, resentimiento y animadversión se conjugaban en un solo momento que podría derivar en la decisión final.

Sería una liberación para cada uno.

.

.

Claire estaba en la habitación que compartía con Lydia, en casa de los Allem, cargando su baúl, que llevaría en el viaje con la diligencia. Por ahora esconderse a Milton no sonaba tan descabellado.

En eso, oyó gritos del señor Allem y de otros vecinos.

Claire salió a mirar.

— ¡Es un desastre! Goldfield arde en llamas.

— ¡Oh, por dios! ¿y las personas?

—Cuando vine, el señor Ramsay Murtag había contabilizado que todos los criados alcanzaron a salir, pero el señor…

Cuando la joven escuchó eso, el corazón se le heló.

No importaba que él no pudiera amarla, ella sí lo amaba tanto que sus huesos y piel clamaban por él. Saber que pudo haberle pasado algo era algo que no podría aguantar.

En un impulso corrió al establo, subió a pelo sobre la yegua marrón del señor Allem y haciendo oídos sordos a los gritos de las personas que estaban allí, Claire apeó su montura rumbo a Goldfield.

Intentando de corazón detener las lágrimas que amenazaban salir de sus ojos y perder la compostura. Ella quería y necesitaba estar allí.

Cuando llegó a la entrada de Goldfield, se encontró con una dantesca escena.

El fuego consumía vorazmente todo

Reconoció a los arrendatarios del coronel, los criados de la casa, con ropa de dormir y sucios de humareda, que salieron de sus camas, disparados por el fuego.

La joven bajó del animal y se dirigió directamente hacia el señor Murtag, quien ayudaba a los heridos.

— ¿¡Donde está el coronel!?

El rostro compungido del administrador le respondió la pregunta.

El hombre estaba sucio y cansado, era claro que fue uno de los que ayudó a sacar a las personas.

Claire lo cogió por las solapas de su ropa.

— ¡Miente!

Pero Ramsay bajó la mirada.

Isaac se acercó a ella y ayudó a alejarla.

—El coronel no ha salido. Todos aquí procuramos sacarlo del despacho, pero algo ha bloqueado la entrada allí. Incluso con el señor Murtag intentamos abrir un boquete desde arriba, y se rompió. Apenas salimos con vida y eso que oí el grito de Aidan desde dentro del despacho donde nos gritaba que salváramos nuestra vida.

El sargento tenía la mirada cristalizada rememorando aquel horrible momento.

Claire retrocedió horrorizada.

¿Acaso eso era todo?

La impotencia que sentía era tan grande como la desolación que la amenazaba.

Pero el fulgor del amor que salía de su pecho era más intenso que el fuego que consumía la otrora finca modelo del pueblo.

Fue una decisión de un segundo, y corrió hacia la casa ardiente.

Quisieron detenerla, pero la determinación de Claire era más poderosa que eso.

Ella quería verlo.

O morir intentando ayudarle.

Pero no iba a quedarse en silencio, viendo como el amor de su vida se volvía cenizas, sin que ella no intentara nada por él.

— ¡Señorita Allem! ¡Regrese!

— ¡No haga eso!

Cogió las puntillas de su vestido y entró a la casa en llamas.

Sabía que podía morir. Pero al menos lo haría, yendo a por él.

No quería vivir en un mundo donde Aidan no estuviera.

Capítulo Final

El humo que había aspirado le quitaba fuerzas.

Sobre sus hombros, tenía a su medio hermano Geoffrey que ya estaba inconsciente. La esperanza de salir lo había perdido desde el momento que el techo cayó, y tanto Isaac como Ramsay que intentaron hacer un boquete tuvieron que irse para no morir calcinados.

Él mismo les ordenó a los gritos que se fueran.

Aidan golpeó todas las paredes y la puerta que se encontraba bloqueada.

El destino vino a buscarlos de forma inexorable a él y a su hermano, a quien pese a toda la rivalidad y la rabia no lo había bajado al suelo.

Con las escasas fuerzas que aún tenía, en la única persona en la que pensaba era en Claire. Él moriría sin volver a verla, sin pedirle perdón y sin decirle que la amaba.

Todo había sido culpa, por no dejarse llevarse por aquella abrasadora fuerza liberadora de los sentimientos que le gritaban hace tiempo que siempre estuvo enamorado de Claire.

La amaría hasta el final. Sólo en eso, sentía que moriría bien.

Mentalmente comenzó a rogar al cielo que ella tuviera una buena vida y que fuera feliz. Es lo único que podía hacer ahora.

—! Aidan! ¿me escuchas? ¡por favor, responde!

El grito de la voz de Claire lo despertó de su letargo. ¿Estaba alucinando? ¿esto era el cielo?

¿Estaba ya muerto y no lo sabía?

Pero volvió a oír los gritos de la mujer amada y entendió que no era imaginación suya.

—! Claire! —respondió él, bajó a Geoffrey al suelo y comenzó a dar patadas a la puerta. Una fuerza se apoderó de él al sentir el terror de que Claire pudiera estar encerrada allí ¿Cómo había llegado a ese lugar?

— ¡He venido a por ti! —gritó la joven, comenzando a toser el humo.

— ¡No deberías estar aquí! ¡Vete, por favor! —fue lo único que se le ocurrió a él gritar

Ese sonido de sofoco de Claire desesperó a Aidan, quien en un arranque de desesperación imprimió un puñetazo final a la puerta, tan fuerte que le hizo sangrar los nudillos.

Pero surtió efecto, porque la puerta cayó al suelo, y fue ahí que Aidan la vio, alejada unos metros de la puerta derribada.

Claire, sucia de humo y sudorosa. Era ella en medio de las llamas.

Aunque podría quedarse la vida a admirarla, la muerte se les venía encima, así que se agachó a recoger a Geoffrey, colocarlo sobre sus hombros y correr hacia Claire, a quien sostuvo por el brazo.

Aidan corrió con todo lo que pudo, asegurándose de no soltar jamás a su hermano y tampoco a ella.

Sorteó unos obstáculos e hizo un salto para cruzar la que fuera la puerta de entrada de Goldfield.

Pareciera que la casa sólo estaba esperando que él saliera para derrumbarse, porque apenas Aidan, Claire y el desmayado Geoffrey escaparon, la propiedad se desmoronó.

Aidan no miró atrás, y terminó cayendo varios metros adelante, a salvo, y con muchas personas alrededor.

Eran los arrendatarios y criados de la mansión.

— ¡Llamad a un médico ahora! —gritó un agotado Aidan

Pero quien vino fue Lydia, a ejercer sus conocimientos de enfermería. El doctor Andrew Glenn ya no estaba en el pueblo, luego de la amenaza de Ramsay, quien lo entregó a unos mercenarios, no a las autoridades para que lo llevaran a Inverness, pero Aidan aún no lo sabía.

— ¡Está vivo, pero igual mandaremos buscar a Guilford a por un doctor! —refirió Lydia, mencionando la ciudad más cercana

El tumulto de las personas que lo rodearon y luego de asegurarse de que Geoffrey aún estaba vivo, fue que se percató que su mano derecha estaba fuertemente enlazada a la de Claire, quien estaba acostada en la hierba junto a él.

Nunca se soltaron.

Ella jadeaba, tenía el rostro sucio de humo y su vestido manchado, hecho jirones por algunas quemaduras, pero estaba bien.

Sus ojos lucían brillantes, pero cansados.

Ambos se miraron, como si el gentío del alrededor hubiera dejado de existir, como si no les importase estar en esa posición, con tanta gente cerca.

Claire sólo le soltó, porque cogió ambas manos de él, para besarle los nudillos ensangrentados. Un beso que más de cariño, era de alivio puro.

—Gracias al cielo que estás bien…—murmuró ella

Él negó suavemente con la cabeza.

—No, es gracias a ti —con la boca henchida de amor —. Sólo pude salir, porque escuché tu voz…porque viniste por mí —él acarició las manos de ella que sostenían la suya y luego rozó la piel caliente del contorno de su cara.

—Nada en el mundo me hubiera detenido —murmuró la joven, con los labios temblorosos.

Era un momento mágico, de cortas palabras, pero intensamente emocional para ambos.

—Estaba yendo a buscarte, para explicarte tantas cosas… cuando ocurrió todo esto.

Ella apretó la mano de él.

— ¿Qué querías decirme? —preguntó ella con una voz que denotaba ansiedad. Si no fuera por todas esas personas, ya se le hubiera abalanzado encima.

— ¿Estáis ambos bien? —la voz de Lydia, seguida de Isaac y Ramsay los interrumpió.

Solo por eso cortaron el contacto, porque Lydia prácticamente se arrojó a los brazos de Claire, aliviada de que estuviera bien.

Isaac tampoco se contuvo en el abrazo.

—Ese hombrecillo, criado de Geoffrey no alcanzó a salir

— ¿Y vosotros? ¿el resto del personal? ¿nadie ha salido herido? —preguntó Aidan

—Están todos a salvo, pero me temo que…—mencionó Ramsay girando a la casa que ardía en llamas —. Goldfield quedó irremediablemente destruido.

Aidan se incorporó y se levantó del suelo.

Frente a sus ojos, Goldfield se estaba volviendo cenizas. Era curioso, porque ni siquiera él había elegido aquella finca, todo formó parte de una idea de su fallecido amigo Harry.

Recordaba que él vino a este lugar, sin ningún tipo de apego por ella. De hecho, aún no había tenido tiempo de encariñarse con Goldfield.

Habia vivido demasiado tiempo, con rabia y furia contra todo el mundo. Sus ansias sólo se vieron colmadas cuando se reencontró con Claire y volvió su mirada hacia ella, quien también se había incorporado junto a Lydia.

Pese a que todo se desmoronaba alrededor de ellos, y el gentío que los rodeaba, para él, solo estaba ella. Y para Claire, ocurría lo mismo.

A Aidan no le importó más nada y corrió hacia ella a abrazarla con fuerza.

Ella le correspondió como pudo.

—Te amo…y creo que siempre lo hice —murmuró él, solo para que ella le oyera —. Rechazaste mi oferta de matrimonio, así que te lo vuelvo a proponer. Quiero que sepas que aun, cuando no te cases conmigo nunca, siempre seré afortunado de tenerte.

Si la piel de ella hubiera estado hecha de cera, ya se derretiría, pero resistió.

—No escaparás de mí, nunca —susurró ella al oído de él, en medio de aquel dulce abrazo —. Porque me casaré contigo.

El corazón de Aidan casi no pudo de gozo con aquella aceptación.

Tantos malentendidos, rabia acumulada, equívocos, desencuentros y resentimiento lo habían separado de aquel amor latente, que probablemente siempre sintió, desde aquella primera juventud cuando se topó por primera vez con ella, una jovencita que desafiaba a los paradigmas de su tiempo, y que viera cortada sus alas por culpa de una trampa.

Aidan la amó aún más por eso.

Claire nunca flaqueó pese a sus actitudes y ese afán de castigarla que él le tenía, por puro despecho y rabia.

Estaba seguro de no querer soltarla nunca más.

Se separó un poco más de ella, para confirmar algo.

—¿Me aceptarías aun cuando la casa que podría haberte dado, se ha destruido?

Ella sonrió.

—Nunca me ha importado —ella tenía los ojos brillantes —. Además, sólo son piedras, y podemos reconstruirlo.

Y sin interesar que tuvieran público, ambos se besaron.

Dejando sin palabras a Isaac, Ramsay y Lydia, que eran los que estaban más cerca.

.

.

.

El médico de Guilford, un hombre serio y de mediana edad se instaló provisoriamente en la que fuera la casa del prófugo doctor Glenn para atender a Geoffrey Hamilton, quien se recuperaba satisfactoriamente luego de aquel horrible percance.

Cuando el vizconde estuvo en capacidad de hablar, pidió hablar con su medio hermano.

Geoffrey, pese a su lastimoso estado, fue consciente de que el hombre que le salvó la vida fue Aidan, quien no lo dejó atrás, pese a la carga que era.

Eso no podía olvidarlo.

Así que haciendo a un lado su orgullo, recibió desde la cama a su medio hermano, el hombre al que durante tiempo había aborrecido y envidiado, porque lo creía el causante de perder siempre lo que más quiso.

En aquel pacifico encuentro, Geoffrey, por primera vez en treinta años le pasó la mano a Aidan como forma de enterrar el hacha de guerra.

Ambos hermanos no se dijeron nada, pero aquel gesto fue suficiente para que entendieran la transcendencia de lo que estaban haciendo.

Geoffrey se permitió ver a su hermano con ojos diferentes. Era un hombre valiente, y no sólo por ser un héroe de guerra, sino por las acciones de salvataje el día de aquel incendio, que fue culpa suya, por haber creado a una criatura como Godric, un ser enfermo y peligroso para mal disponerlo.

La casa de Aidan ahora estaba hecha cenizas. Geoffrey comprendió que debía hacer lo correcto.

—Quiero que tengas Mont House, en Burnley —ofreció Geoffrey —. Es justa compensación por la casa que perdiste.

Aidan no daba crédito a las palabras de Geoffrey. Antes hubiera tomado el sitio sin titubear, pero las cosas habían cambiado.

Mont House era la casa ancestral de los vizcondes de Portland, donde vivió su padre y que Geoffrey poco utilizó, más porque vivía en la casa Portland en Londres.

—No —respondió Aidan —. Mont House debe pasar a tus hijos varones, porque forma parte del acervo del vizconde de Portland.

Geoffrey tuvo ganas de abrazar a Aidan.

—Goldfield fue hecho cenizas y ahora estoy quedando en la posada del pueblo, pero me propuse reconstruirlo —refirió Aidan y luego añadió —. Me casaré con Claire.

Geoffrey bajó la mirada, lleno de arrepentimiento por todo el daño causado.

—Si me permites, deseo verla. Sólo quiero pedirle perdón.

—No tengo nada que permitirle. Ella es libre de ver a quien quiera. Le diré de tu deseo.

Esa misma tarde, Claire fue a verlo. Y lo hizo sola, porque Aidan decidió respetar su momento, aquel que se debía con su pecado de juventud. Uno que aun la avergonzaba y que la estigmatizaba.

Aquella jornada terminó con un apretón de manos entre ambos contendientes.

Geoffrey le pidió perdón por todo lo que le había hecho y lo que estuvo a punto de causarle. El encontrarse de frente con la muerte le hizo reconsiderar aquello como una suerte de redención, darse cuenta que siempre fue un hombre afortunado, que no supo valorar las posibilidades de la vida.

La vida le daba una segunda oportunidad y pensaba aprovecharla.

Y ahora con la firme convicción de que su medio hermano era un buen hombre y que siempre estaría para él, si lo necesitase.

Geoffrey Hamilton se marchó de Lingfield luego de ser dado de alta por el nuevo médico.

Pero se iba munido de perdón y nuevas posibilidades.

.

.

.

Con la destrucción de Goldfield, Aidan se mudó a la posada del pueblo. Como las plantaciones y los arrendatarios aún seguían, el trabajo no había mermado. El problema que le vino encima fue qué hacer con el personal de la casa que quedó vacante.

Ramsay les sugirió que les diera un trabajo diferente: ayudar en la reconstrucción de la casa.

Aidan tenía la posibilidad de vender las tierras y largarse de esa ciudad. Aún tenía una pequeña parte de sus ahorros, y podría ir a vivir a la zona costera de España.

Pero las cosas habían cambiado. Ya no podía pensar sólo por él, pronto se casaría con Claire y necesitaban raíces. Ella amaba ese lugar.

Así que decidió emplear lo que le quedaba en resguardo para reconstruir Goldfield. Por amor a ella, decidió seguir con aquel plan de ser terrateniente. Algún día, los hijos de él y Claire, heredarían esas tierras, así que le tocaba esforzarse por hacerla crecer.

.

.

.

Claire, por supuesto, volvió a casa de los Allem y comenzó a trabajar, dando clases en la escuela que Aidan mandó reconstruir.

Para dar pie a su sueño, junto a los Allem y su prometido viajó a Londres a reencontrarse con su tío, el barón Herbert.

El anciano estaba muy enfermo en cama, y Claire lloró al verlo.

—Me casaré, tío. Quiero que lo sepa —le dijo en un momento —. Con quien siempre debí haberme casado.

El barón sonrió débilmente, y ambos se dieron mutua compañía por varios días. Lo cierto es que tampoco Claire podía quedarse en la ciudad.

Y más cuando en un paseo se topó con Amelie y su hermana.

Tampoco podía llevarse a su tío, que era atendido por enfermeras contratadas por el abogado del barón. Ella no tenía casa ni comodidades para ofrecerle.

Fue en medio de aquella visita, que el abogado de su tío le hizo entrega de los certificados que la acreditaban como dueña de un fideicomiso. El buen hombre se sintió aliviado de al fin encontrarla.

Claire recibió el dinero, en parte llamada por sus responsabilidades. Tenía el sueño de la escuela y también su hogar con Aidan.

Habia perdonado a su tío hace mucho tiempo.

Igual decidió que, cuando la nueva casa estuviera lista, acondicionaría una habitación para su tío. Buscaría una enfermera local para que le ayude, para evitarse el rechazo de las remilgadas enfermeras de Londres, que se negarían a venir a vivir al campo.

La pareja y los Allem regresaron a Lingfield luego de aquello.

Claire, conforme pasaba por las calles, se muñó de una lejana nostalgia. Ella se había criado en Londres junto a Isabella y su tío.

Hoy nada de eso importaba. Ya no sentía a esta ciudad como su hogar. Ella ya tenía uno, muy lejos de allí, con seres que amaba y que la amaban.

Apretó la mano de Aidan, quien iba a su lado.

No tenía miedo de caminar junto a él por aquel sendero al futuro.

.

.

.

El coronel Aidan Hamilton y la señorita Claire Herbert se casaron cuatro meses después del incendio de Goldfield. Fue una larga espera, ya que tenían mucho trabajo en la reconstrucción de su finca.

Por supuesto, los apadrinó el duque de Wellington, feliz por su ahijado y su elección.

El hombre, incluso ofreció a los recién casados que fueran a vivir a una finca suya en el norte, pero los recién casados se negaron a abandonar lo que consideraban su hogar.

Fueron a vivir a una casa alquilada en Lingfield, que Aidan hizo reacondicionar para vivir con su esposa los primeros tiempos de su matrimonio.

Isaac y Ramsay quedaron en la posada, aunque este último se portaba de modo extraño, a decir de Isaac.

De su frio carácter, y aparente poca empatía por otras personas, comenzó a dar muestras de una súbita amabilidad. Isaac lo achacó a la amistad que había forjado con la señorita Lydia Allem.

Aun la ciudad estaba espantada de la huida del doctor Andrew Glenn.

Para evitar suspicacias, los únicos que supieron del ataque de Andrew a Lydia fueron sus seres más cercanos.

Claire se encargó a agradecer a Ramsay lo que hizo por su hermana y esto sirvió para limar asperezas con el administrador de su marido.

Fue por esa época que la pareja recibió una inesperada visita: un notario de Surrey vino a por ellos. Grande fue la sorpresa cuando reveló su objetivo.

Años antes, fue él quien se encargó junto al teniente coronel

Harry Percy, de la compra de las tierras de Goldfield. Percy las recorrió de punta a punta y antes de marcharse hizo un encargo al notario.

Le entregó un sobre lacrado, que sólo debía entregar al coronel Aidan Hamilton, cuando oyera que se había casado con la señorita Claire Herbert.

Al pobre notario, fiel destinatario de fe pública, le costó enterarse de la boda, principalmente porque la novia del coronel era de la familia Allem y fue difícil relacionarlos.

Aidan recibió el sobre con mucha emoción.

Harry fue el mejor amigo que la vida le pudo dar. Aun penaba por su perdida.

No podía creer que se hubiera tomado tiempo de dejar algo para él y Claire. ¿Cómo es que podía saberlo?

Era claro que su amigo había visto a Claire cuando visitaba las tierras para comprarla.

Aidan leyó la carta, una tarde de invierno, en compañía de Claire.

14 de abril de 1813

Aidan

Si recibes esta carta, quiere decir que no sobreviví a la guerra.

Pero también significa que pudiste cumplir con un antiguo deseo de vida.

Cuando realizaba un reconocimiento de estas tierras, pude reconocer en casa de unos de los arrendatarios, a la muchacha que perdiste cuando eras más joven, y que, de algún modo, nunca dejaste de amar.

Yo lo sabía, solo que tu no.

Me alegra que hayas dejado la tozudez y que hayas podido recuperar lo que siempre debieron tener.

Desde donde sea que me encuentre, les deseo a ambos que seáis muy felices juntos.

Harry Percy

Marido y mujer no pudieron evitar que sus ojos se les cristalizaran.

Harry Percy, muchos años antes ya había previsto que ellos podrían llegar a encontrarse y si lo hacían, que su destino natural era estar juntos.

Él siempre lo supo, a Aidan le costó más tiempo saberlo.

Aidan apretó la mano de Claire, conmovido.

—Él siempre supo que yo te amaba a ti, aunque no te hubiera visto en años. Siempre se trató de ti, aunque tardé en darme cuenta —concordó él

La pareja bebió un trago largo de ron, en memoria de aquel amigo que ahora velaba por ellos desde las estrellas.

.

.

.

Goldfield estuvo listo para ser habitado, completamente reconstruido, según planos originales, dos años después de la boda de Claire y Aidan.

Justo a tiempo para que ella diera a luz a su primer hijo: James, quien nació en la nueva Goldfield.

Y también para inaugurarla con la boda de Ramsay y Lydia. Una unión que llegó inesperadamente para algunos y no tanto para otros,

Ambos se habían acercado mucho luego del desastre de Goldfield, y acabaron enamorándose.

Aidan los apadrinó. Y no pudo evitar intercambiar guiños con su esposa, recordando que un par de años antes, Claire y Lydia sentían repelencia hacia ese hombre.

Del enigmático doctor Andrew Glenn no volvieron a tener noticias hasta que un amigo de Ramsay, venido de Edimburgo, le contó que ese hombre fue asesinado por un padre vengativo, por haber abusado de su hija. El propio Ramsay se sintió aliviado con aquella novedad, ya que siempre estuvo en guardia, temiendo que Andrew volviera a hacer daño a Lydia o a otro miembro de su familia.

Él lo había entregado a mercenarios, pero siempre cabía la posibilidad de que algo saliera mal y hubiera escapado.

Una vez casados, la pareja se mudó a una propiedad en Lingfield, que Ramsay compró a su mujer, como regalo de bodas, así él podía seguir cumpliendo sus funciones de administración en Goldfield.

Lydia siguió trabajando como ayudante de enfermería para el nuevo médico, y con tiempo se convirtió en comadrona encargada de ayudar a las parturientas del pueblo.

La prosperidad de Goldfield, trajo bonanzas para todos, ya que permitió que el coronel, asociado a Ramsay y Isaac montaran una fábrica de pastillas de jabón con los años.

Fruto de arduo trabajo y esfuerzo.

Para aquella época, las familias ya estaban ensanchadas. Claire ya era madre de tres hijos y Lydia lo era de cuatro.

Además, las novedades nunca cesaron, ya que fiel a su promesa, Claire se hizo cargo de su anciano tío, acondicionando una habitación en la nueva Goldfield para él y que pudiera vivir al menos con su familia los años que le quedaban.

Los hijos de Claire, en especial el pequeño James le tomaron mucho cariño a su tío abuelo.

Cuando le barón falleció unos años más tarde, se encontraron con la sorpresa de que su hijo mayor James Hamilton fue nombrado heredero por el fallecido. Era su pariente varón más próximo y es lo que le correspondía, además el propio Lord Herbert lo plasmó en su testamento que hizo redactar a su fiel abogado, quien entendía las señas de su viejo cliente. Que velara que sea James, el hijo de su sobrina, quien heredara el título y sus propiedades, salvaguardándolo de cualquier otro pariente lejano que viniera como buitre por su herencia.

Claire ya no necesitó emplearse fuera nunca más, ahora que tenía la protección de un marido y la fortuna de Goldfield, dedicándose a cuidar a su familia y ejercer de matrona de la finca.

La que fuera una cabaña que albergaba la rústica escuela, ahora era una enorme casa, donde ella seguía impartiendo clases.

Ni los tres hijos de su feliz matrimonio le impidieron seguir con aquella vocación.

Aidan y Claire habían pasado tantos obstáculos y dificultades que impidieron su unión desde jóvenes.

Años lejos del otro y otro tanto rabiando contra el otro.

Pero al final, lo único que quedaba de aquello era amor, ese sentimiento que salía de dentro, que mueve el cuerpo más allá de la voluntad.

Que mueve al mundo con sus hilos, de lo inevitable, de lo ineludible, que derrumba barreras al precio que sea, ante el que se rinde hasta el más poderoso de los hombres.

La historia de Aidan y Claire fue, es y será siempre una historia de amor.

Y pensaban seguir escribiéndola por el resto de sus vidas.

Nadie puede amar como amamos nosotros.

Nadie sufre como sufrimos nosotros.

FINAL